Alice Taylor THE WOMEN

母なるひとびと

ありのままのアイルランド

アリス・テイラー
高橋歩 訳

未知谷
Publisher Michitani

はじめに

私たちは人生で、ときどき困難に直面します。そして、必死になってもがきます。いちからやり直すためには、やる気を与えてくれる何かが必要です。ちょっとしたヒントや刺激のようなものでいいのです。そんなときに、刺激を与えてくれる人に巡りあうことがあります。すると目の前に明るい道が開け、とたんに、進むべき方向が見えてくるのです。私にそんな刺激を与えてくれるのが、素晴らしい女性たちの生き方です。生涯を通じて目標に向かって静かに行動し、自ら可能性を切り拓いた女性たちです。彼女たちは、周りの人々にそっと手を差し伸べ、慰めたり励ましたりして、みんなの心に大きな印象を残しました。

私が大きな影響を受けた女性は、決して有名な人たちではありません。彼女たちは、普通に暮らしているようでありながらも、私たちの生きる社会を豊かにしてくれています。ときの風潮にまどわされることなく進み、黙々と時代の流れを変えているのです。それに、社会をまとめる役割を担っています。聖書に登場する、家を建てる者に捨てられ、その後、隅に据える大事な土台になった親石[1]なのです。昔も今も、目立つことはないけれど、社会に欠かせない大切な存在です。

本書に取り上げる女性たちの人生は、これまで語られたことがありません。そのうち数人は今も健在ですが、とうの昔に亡くなった人もいます。人並はずれた素晴らしい女性たちですが、これまでずっと平凡な人物と思われていたため、その生き様が口にされることはありませんでした。私たちアイルランド人は、素晴らしい女性たちが拓いてきた道のりを歩んでいるのです。女性たちは、農場や村や田舎町や都会で、困難な状況を生き抜きました。でも歴史を記録する書物には、ほとんど登場しません。書き留められ、褒め称えられる女性は、ほんの一握りの存在だからです。

この本では、農場の女性たちも称えたいと思います。厳しい大地を生き抜き、物が乏しい中、大家族の世話をしていたのです。私が子どもの頃、コーク県北部の丘にあった農場の女性たちは、みんなそうでした。「仕事を持つ主婦」という言葉は使われていない時代でしたが、彼女たちを言い表すのにちょうど良い呼び名です。この人たちこそ、もともとの「仕事を持つ主婦」の源流でした。仕事場は農場でしたが、その職場が自宅のすぐ隣だったため、専業主婦とみなされたのです。それでも、職場が自宅に近いことで仕事の負担が減るわけではなく、骨の折れるきつい仕事をしていました。なんでもこなす、その時代を代表する万能選手といってよく、一家の家計にも大いに貢献していたのです。

現代のおばあさんのそのまたおばあさん世代は、ジャガイモ飢饉[2]の後の最初の世代であることを思い起こすと、身の引き締まる思いがします。おばあさんたちは、飢饉による空腹の苦しみがまだ残るアイルランドに生まれました。そして、ひどい貧困と飢えに苦しんでいた時期に、やりくりする方法を身につけていきました。あれほどの品格と寛大さをどうやって保ち続けることができたのか、不思議に思えます。思いやりのある、心の広い女性たちでした。私には、そう思えます。そして娘や孫娘たちが、その気立てを受け継いでいったのです。

私のおばあさん世代の女性にとって、人生でいちばんつらいのは、まだ若い息子や娘が海外へ移住してしまうことで、それは、もうほとんど決まり事のようになっていました。彼女たちがどうやって悲しみを乗り越え、つらい思いに耐え続けることができたのか、私にはわかりません。海外への移住は、あの頃の人々や後の世代にとって、必要悪ともいえることで、多くの家庭から息子や娘を引き離すことになりました。母親は子どもに二度と会えなくなるかもしれず、彼方の土地で子どもが危険な目に合う可能性もありました。

そんな若者たちを送り出す送別会は「アメリカのお通夜」と呼ばれました。この催しは実のところ、お通夜といえるものでした。人が亡くなってはいなくても、今生の別れになるかもしれないからです。二度と戻って来ない人もいたのです。アイルランドへ帰るには大金がかかるからといって、家族を援助するため、その分のお金を故郷へ送金する者もいました。新たな生活にすっかり溶け込み、実家とのやり取りをしなくなる者もいました。新たな魅力的な世界の落とし穴にはまり込んでしまい、消息を絶ってしまうのです。そして、故郷に残された母親は涙をぬぐい、生きるために仕事に向かっていくのでした。どんなに悲しくむなしかったことでしょう。子どもたちのいない人生に向き合う強い心が必要でした。

　アメリカへ渡る船旅は、何か月もかかりました。それが、時がたつにつれ、船旅の時間は短くなっていき、六週間になりました。子どもから初めて届く手紙は「到着の便り」と呼ばれ、現地に着いたことを知らせるもので、届くのに何か月もかかることがありました。でも、若者たちが、勝手のわからない国で苦難に直面していたり、どうしようもないホームシックを堪え忍んでいたりするのを、どうして手紙に書くことができたでしょう。移住した者たちの多くは、故郷の家族の状況がよくわかっていました。だから、そうでなくとも様々な問題に苦しむ両親を心配させないように、たいていは新しい生活がとても楽しいと綴ったものでした。ブライアン・フリエル[3]は、演劇『キャス・マグワイアの愛』にその様子を描いています。

　しだいにアメリカやイギリスから、故郷のアイルランドにお金がもたらされるようになり、貧しい家庭の苦しみをやわらげていきました。そして、新たな「アメリカのお通夜」がたびたび行われることにつながりました。移住者の弟や妹が、アメリカを目指して出発したからです。海外から流れ込むお金は、驚くべき効果をもたらしました。食卓には常に食べ物が並ぶようになり、農夫は土地を買い、農業を続けることができました。家の屋根を葺きなおしたり、家畜を買って放牧したり、幼い子どもたちに洋服を買ったりできたのです。そして、移住した者たちは、いつまでも家族の一員でした。米ドルや英国ポンドのおかげで、故郷の暖炉の火は燃え続けました。

　別の手段で実家を出た、若い女性たちもいました。理想を夢見た少女たちは、アイルランドのあちこちに数多く存在していた修道院に入ったのです。その年頃によくある、宗教的な使命感に燃えて実家から出ていき、その気持ちを異国の地にまで持ち込みたいと願ったのでした。修道女になった女性の中にはアイルランドに留まって、若者を教育したり、病院を運営したりする者もいました。観想修道会[4]に入会し、疲れ果てた現代社会に、落ち着きをもたらしている者もいます。

　一方農場では、農家の女性たちが干し草の刈り取りや穀物の刈り入れをし、湿地から泥炭を切り出していました。町に住む姉妹たちは、わずかな賃金をやりくりして大家族の面倒をみながら、他人の家や仕事場の掃除をして家計を助けていました。そんな人々が住んでいた安長屋は、今では高層アパートになっています。

　この本は、家庭を守った者たち、移住した人々、そんなすべての女性に敬意を表すものです。家に残った女性たちは、窓辺の灯りを絶やさないようにし、誰が来てもいいように玄関の戸を開けたままにしていました。今ではもう、そんな窓も戸もとうになくなってしまい、アイルランドの片田舎に、古びた茅葺の田舎家や石造りの農家の廃墟がひっそりと残るだけです。けれどもその家々には、かつて井戸から水をくみ出し、大地に根差して生きていた素晴らしい女性たちが住んでいたのです。毎年春の祈願節[5]に、彼女たちは畑に出て、大地の恵みに感謝するために、聖水を振りかけました。祖先のケルトの人々がそうしていたからです。貧しさという流れに逆らって泳ぎ、遺産相続の権利も持たなかった女性たちが、私たちに豊かな伝統を残してくれました。だからその女性たちを思い浮かべ、感謝と敬意を込めて、褒め称えようではありませんか。

訳注

1 隅の親石――社会的身分の高い者たちが、無名の人々を見捨て、社会の片隅へ追いやった。神は自分の国を作る際、その見捨てられた人々に大事な役割を担わせた。身分の高い者よりも、社会的弱者こそ大切な存在だ、ということ。

2 ジャガイモ飢饉――一八四五年～一八四九年。アイルランドでジャガイモの不作が原因で起こった飢饉。百万人が餓死または病死し、二百万人以上が国外へ移住したといわれる。

3 ブライアン・フリエル――一九二九年～二〇一五年。北アイルランド生まれの劇作家。トニー賞やニューヨーク劇評家賞など数々の賞を受賞。『キャス・マグワイアの愛』は一九六六年の作品で、テレビドラマにもなった。

4 観想修道会――カトリック教会によって認可された修道院の組織。祈りと労働に専心する。聖クララ会、カルメル会、トラピスト修道会などがある。

5 祈願節――カトリック教会の祝祭日。豊作を祈願する祈りを唱えながら行列をする。

母なるひとびと　目次

GOLDEN FLEECE

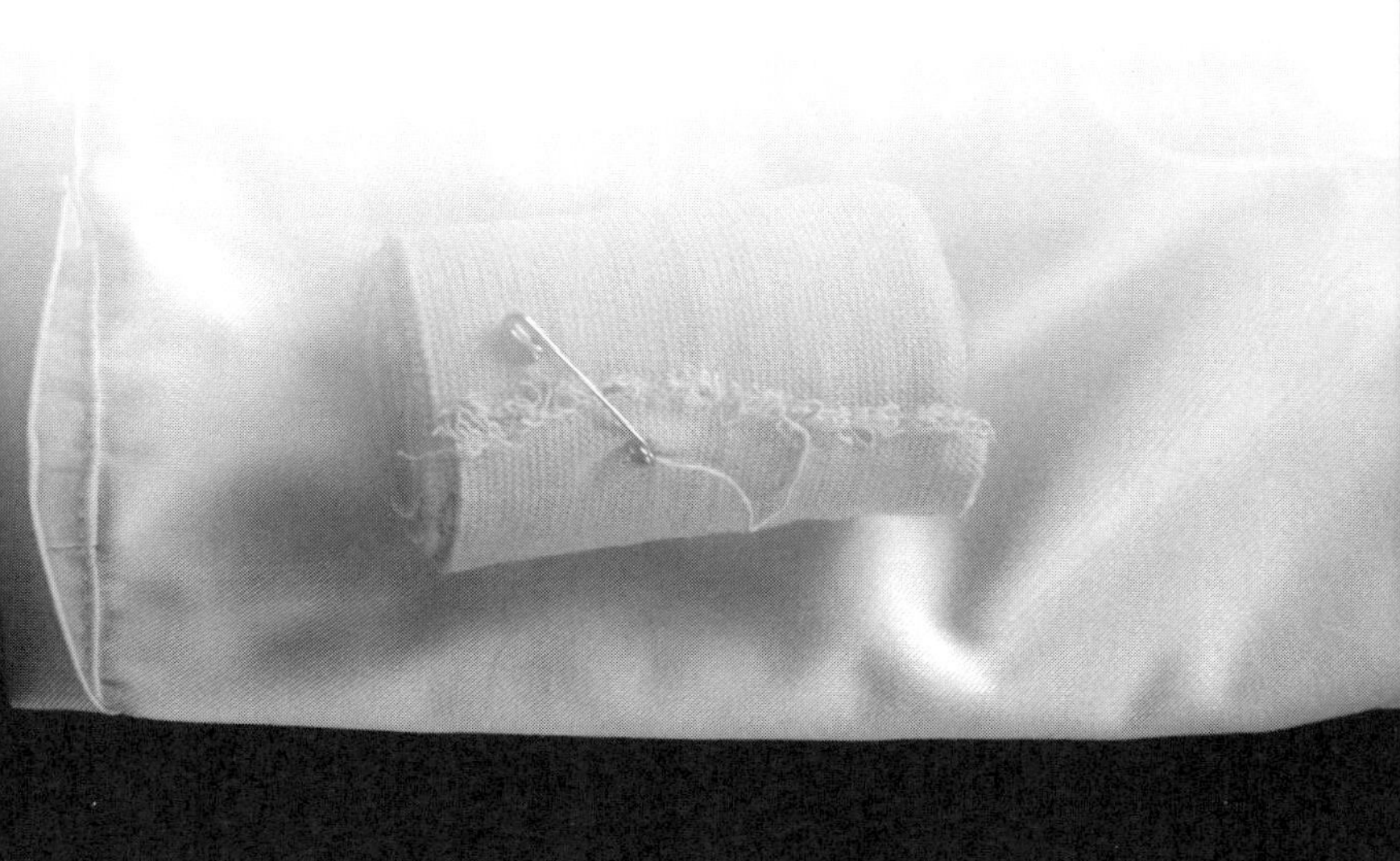

母なるひとびと　ありのままのアイルランド

Original Title: THE WOMEN
First published by The O'Brien Press Ltd., Dublin, Ireland, 2015
Published in agreement with The O'Brien Press Ltd.
through Tuttle-Mori Agency, Inc., Tokyo

第一章　島に生きる（アキル島のシス）

訳注　37頁〜

一九五〇年代、女学生だった私はアイルランド語[1]を学んでいました。そして、当時の多くの学生が学んだように、私もブラスケット諸島のペグ[2]について学んだのです。孤立した島で、気まぐれな海に左右される暮らしとはどんなものなのか、たいへん興味をひかれたものです。島の男が海へ出て、その恵みによって生計を立てるために奮闘するあいだ、女はあらゆることをひとりで行っていました。私はのちに、パトリック・マッギル[3]が書いたスコットランドにおけるジャガイモ掘りについての文章を読みました。アイルランドの西海岸の男たちが現地へ出かけて行って、苦労してお金を稼いで持ち帰っていたとありました。アキル島[4]などの島では、毎年まるで巡礼のごとく、大勢の男たちや若者がスコットランドへ出稼ぎに出て、何か月も戻って来ませんでした。夫が留守のあいだ、島の女たちは子どもの世話をしながら、岩だらけのやせた土地で細々と暮らしていたのです。そんな生活を送っていた島の女性たちは何を感じていたのか、興味がありました。アキル島での生活とは、どんなものなのでしょうか？　そんなことを思っていたとき、私はインタビューを受けました。ミッドウエストラジオ局[5]のトミー・マレン・ショーに出演し、『こころに残ること』[6]について話をしたのです。そして、このインタビューがきっかけで、偶然にも、私はついにアキル島へ行くことになったのでした。「番組中にある女性から電話がかかってきたそうです。ぜひともあなたと話したいそうですよ」聞き手のショーンにそう言われたのです。興味をひかれた私は、ショーンからもらった番号に電話をかけました。ナンシーという女性が出て、母親が私の本を読んで気に入り、私と話したがっているとのことでした。「母の名はシス・フリンです」そう告げられ、その人の電話番号を教えられました。すべきことはただちに行わないと「物忘れ」という内側の見えない深い穴にするりと落ちてしまいます。私は、もうそういう年齢です。それに、私はマクベス夫人[7]の考え方に大いに賛成しています。「もし、やってしまってすべて決着がつくのなら、すぐやったほうがいい」。まあその方がいいこともある、という程度ですけれど。

　こうして私はその番号に電話をしたのでした。深く温かみのある声に包まれました。「アリスなのね、あらまあ、信じられない。お電話くださって本当にありがとう。私ね九十四歳で、生まれてからずっとアキル島に住んでいるんですよ」。「アキル島に住んでいらっしゃるのね？」私は嬉しくなりました。「ええそう、生まれてからずっと」彼女は続けました。「一度だけ、イギリスへ渡ったことがあるけど、五週間で帰ってきてしまったんです。海が恋し

かったもんだから。海の見えない場所には住めないと思ったの。この島にずっと住んでいるんですよ。その間にいろいろなことが変わりました」。「アキル島へは行ったことがないんです」私はそう告げました。

「それじゃあ一度来てみなくちゃ。私は八人きょうだいで、この島で育ちました。あの頃の島の家族は、子どもは八人くらいが当たり前でしてね。ものには恵まれていなかったけど、それでも母はいろいろ工夫していましたよ。いろんな野菜を作っていたし、海の幸も食べましたし。私ね、ほんとに海が大好きなんですよ。母はガチョウを何羽か飼っていたけど、それが海に出て泳いで行ってしまうことがありました。ガチョウが遠くへ行きすぎたと思うと、母は牧羊犬のハッピーを送り込むんですよ。流れの速い潮につかまって、ガチョウが流されてしまわないようにって。ハッピーはガチョウのところまで泳いで行って連れ戻してくるの。ガチョウたちの後ろや周りを泳いで誘導しながら、波打ち際で待っている母のもとへ無事に連れてくるってわけ。すると母がガチョウを小屋に入れて、夜の準備はおしまい」

この話には、すっかり心を奪われてしまいました。電話を終えた私の頭の中では、アキル島の牧羊犬が、ガチョウを導きながら家を目指して海を泳いでいました。私が子どもの頃、実家の農場では、毎日朝と晩の乳搾りの時間に、牧羊犬が牛を集めて連れてきていました。それでも、牧羊犬と飼い主のチームが、大地で行うのと同じように、海の上でも動物を導くことができるとは、思ってもみませんでした。また、偶然にも、ちょうど私はこの本を執筆中でした。アイルランドの魂を形作っているともいえるシスのような女性たちの、ありのままの姿を書き留めたいと思っていたのです。まるでシスが、私の本の中に飛び込んできてくれたようなものでした。シスにこの話をすると、自分の話を本に載せることに喜んで同意してくれたのです。「もう九十四ですからね。死ぬ前に全部お話ししておかなくちゃ」

　コークからアキル島までは、車でおよそ五時間かかります。私は息子のゲアロイドと、晴れ渡った美しい田舎道を運転していきました。長旅は、気の合う連れと一緒にするに限ります。時間が短く感じられるからです。ゴバン・サエル[8]も、そう言っているではありませんか。私たちは島に一泊し、翌日また運転して帰ることにしていました。

　アキル島に入るには長いアーチ橋を渡るのだろう、なぜか私はそう思い込んでいました。ところが実際は、本土と島をつなぐ橋はたいへん短くて、島に入ったことにほとんど気づかないくらいなのです。それが、歓迎委員会の人々にぐるりと囲まれるように、山々に周りを囲まれるようになって、島に入ったとわかります。私には、そのとき初めてポール・ヘンリー[9]の絵画の良さがわかりました。なぜこの画家がアキル島の光に魅せられたのか、理解できたのです。私たちを囲むなだらかな山々のすそ野は海へ入り、その向こうには岩だらけの入り江が横たわっていました。島の言葉では、入り江はクルイドと呼ばれています。

　陽気で親しみやすく気持ちの温かいシスは、高齢であることを感じさせませんでした。一九二〇年に生まれ、キャスリーンという洗礼名を受けましたが、すぐに兄たちがシスと呼び始めたのだそうです。人生に対する熱意にあふれた女性です。お茶で歓迎されたあと、私たちはシスが愛して止まないアキル島のドライブに出かけました。スリーブモアに着くと、シスは荒れ果てた村を指さして言いました。山すそに石造りの小さな家の跡が一列に連なっています。「ジャガイモ飢饉が起こって、ここの住民はささやかな家を捨て、海辺へ移っていきました。海には食べ物があったから」。屋根のないさびれた家の廃墟が並ぶ様子には、物悲しい雰囲気が漂っています。アイルランドの歴史における過酷な時期を物語っていました。

次に見えてきたのは、優雅な石造りの小さな教会でした。山腹を美しく飾っています。今度はシスの娘のナンシーが語り始めました。「あのプロテスタント教会は、アキル島で布教活動を行うためにエドワード・ナングル牧師によって建てられたものです。牧師は、人々がジャガイモ飢饉にあえいでいる頃、慈善事業を行うために島に赴任してきました。イングランド国教会が村人を支援するための資金を牧師に与え、牧師は地主のリチャード・オドンネルからスリーブモアの斜面下の湿地に土地を借りたのです。牧師は『共同生活区』を作りました。教会、病院、調理場、印刷所、孤児院、郵便局、薬局、製粉所、農場。じめじめした山の斜面を開拓して建てたのです。それに、牧師ふたりの住まいが二軒、管理人の家一軒、小さな家三〇軒も建てました。そこで生活する人々が、一八四〇年代のジャガイモ飢饉のあいだ島の住人に食べ物を与えてくれました。ただし、国教会に改宗した者だけです。空腹にあえぐ人々は大きな葛藤に苦しみました。そうしてカトリックと国教会との間でひどい対立が起こり、人々も分断されることになったのです。改宗して食べ物を手にした者を、島の人々は『裏切り者』と呼びました」

それから私たちの車は、きちんと整備された墓地の前を通り過ぎていきました。すると、シスが静かな声で話し始めました。「あれはね、火事の犠牲者が眠っているお墓ですよ。スコットランドへジャガイモ掘りの出稼ぎに行っていた若者一〇人が一九三七年に火事で亡くなったんです。寝泊まりしていた小屋が火事になってしまって。スコットランド人の地主が小屋に外から鍵を掛けていたせいで、火の手が上がったときに逃げることができなかったんです。遺体はアキル島に戻ってきました。あれから何十年もたっているのに、今も目に浮かびますよ。島の男たちが一〇基の棺を肩にかついで停車場から橋を渡って教会まで運んでいく、胸の張り裂けそうなあの光景がね」

次に、シスの実家に到着しました。石工だった父親が、一九三二年に息子たちと一緒に建てた家です。政府から支給された百ポンドの助成金を元に建てたのでした。その家の少し先には、屋根が崩れた石造りの家の廃墟が海に向かって立っています。一九二〇年に末っ子のシスはその家で生まれたのでした。切妻のある壁の一部と、小さな部屋がひとつだけ残っていて、家の中には、長い柔らかな草が生えています。私たちが外に立って、シスが子ども時代を過ごした廃墟を戸口からのぞいていると、シスがその家での暮らしを語ってくれました。興味深いことに、家を建て替えることになると、ほとんどの場合、古い家をそのまま隣に残しておくといいます。その昔、どんな生活をしていたか忘れないために。

「小さな寝室がふたつありましてね。ひとつは男用でもうひとつが女用。あと大きな部屋がひとつ。大きな部屋っていうのは台所でね。調理用暖炉のそばの片隅には、両親のベッドを置いたスペースがありました。ベッドの周りはたっぷりとしたカーテンで覆ってあったんです。カーテンはスコットランドから取り寄せたのかな、でなきゃ、島で毎月最後の金曜日に開かれていた市で買ったんでしょうね。暖炉の両側には、バターの入っていた蓋つきの大きな箱がひとつずつ置いてあって、その上にウールのクロッシェレース[10]のカバーに入れたクッションを置いていました。腰掛けにしていたんだけど、坐り心地が良かったですよ。箱のひとつには洗った靴下が入っていて、もうひとつは汚れた靴下入れでした。台所の食卓の長さは六フィート（約一八二センチメートル）くらいだったわね。両側の横に「フォーム」と呼んでいた長椅子があって、両端には椅子がひとつずつ置いてありました。台所のいちばんいい場所を占めていたのは食器棚ね。陶磁器のセットやいろいろなサイズや形のお皿、水差しが並んでいて、全部スコットランドのものでしたよ。棚板の上には母が専用の紙を敷いていました。縁がフリルになっている花柄の紙だったわ。一年の特別な時期になると、母は姪のマギー・ジョイスが作ったレースで食器棚を飾るんですよ。マギーは島でボビンレース[11]と刺繍を教えていたの。ゴールウェイの修道院でシスターから技術を学んでいたから」

「母はね、茶色と白の二種類のソーダブレッド[12]を焼いていましたよ。小麦粉は、五〇キロ単位で買ってたわ。ソーダブレッドと砂糖は食器棚のいちばん下に入れて保存して、紅茶は専用の容器に入れて、暖炉の上のマントルピースに置いてありました。週に二度、ボウルの中でミルクをかき回してバターを作るんだけど、ボウルを使う前にね、まず熱湯をかけて消毒して、それから冷たい水を入れるんです。その中に暖炉の火で熱した石灰岩をぽちゃんと落として、布をかぶせてふたをして放っておくと、石灰岩がシューシュー音を立てて中を消毒してくれるんです。ミルクやバターを入れておく大きな箱が戸の内側に置いてあって、その中も同じように消毒していました」

「あの頃の家はみんな石造りで、石と石との間は漆喰で固めていました。石灰岩を窯で焼いて漆喰を作るんだけど、その残りが、今も島のあちこちに落ちているんですよ。私のおじいさんおばあさんの時代はね、家を建てようとして大きな石を集めていると、地主の代理人がやって来て石を取り上げてしまうこともあったそうです。自分たちが使うからって。それに、地主が人手が足りないと言えば、何をしていてもやめてかけつけなくちゃならなかったそうですよ。それで、一日中手を貸したっていうのに、地主はニシンの塩漬けとバターミルク[13]の食事しか出さなかったんですって」

「アキル島に地主がいたなんて、意外だわ」私が言葉をはさみました。

「ええ、いたんです」頭を振りながらシスが答えました。「地主がね、この小さな家から、私のおじいさんのジョン・マクティーグとおばあさんの赤毛のサリーを追い出そうとしたことがあったんです。代理人は、石工だったおじいさんに、自分の仕事をやめて地主のために働いてもらいたいと言ってきたそうです。ところが、髪が真っ赤で赤毛のサリーって呼ばれていたおばあさんが、おじいさんを行かせなかったら、地主がね、ふたりが支払うことのできないような家賃を吹っかけてきたそうです。そして立ち退くようにと代理人に脅されたんです。ところが、その立ち退きの話が島の人々の耳に届くと、住民が集まってきて、司祭も味方につけて立ち向かったそうです。島中の人々が、入れ物という入れ物に牛の尿を入れて集まって来て。代理人たちがうちの戸口から踏み込もうとするたびに、島民が彼らに向かって尿をぶちまけたそうですよ。あの頃の法律では、立ち退きは午後三時までに行われることになっていて、その時間までにできなければ無効と決まっていました。ちょうどいいことに満潮の時間だったから、島民たちが代理人につかみかかってバールを取り上げ、潮の満ちた海に向かって、飛んでいけとばかりに投げつけたんです。こうして約束の時間になったけど、代理人がうちの親石を壊そうとするのをなんとか阻止して家を守ることができたというわけです。こういうことはよくあったようですよ。地主や代理人からいじめられたり不当に扱われたりすると、それに立ち向かう勇ましい島民が出てきたそうです。あの頃は他にも、いい牛を持っていると、地主に取り上げられたりしたそうです。そうなったら、もうどうにもならないですよね。だって、地主がすべてを決めていたんですから」

「島の人たちは、いつもそんな風に協力し合っていたのですか」私は尋ねました。

「そんなことなかったわ。ひどいけんかもしましたよ」シスは微笑んで答えました。「でもね、たとえけんかの最中で口をきかなくても、ジャガイモ掘りと泥炭の切り出しのときだけは、みんなが集まってきたんですよ。泥炭の切り出しは大仕事だから。大地から長方形に切り出して、互いに寄りかからせるように立てて乾かしてから、かごに入れて、それをロバの背に乗せて家まで運ぶんです」

「それで、お父さんの一族は、この家にどのくらいの期間住んでいたのですか」

「何世代も、ですよ」シスが答えました。「父が石工だったことは、もう言いましたよね。石を積み重ねて建物を作っていたんです。もう百年以上前のことだけど、父が作った石造りの家や橋が、今でも島のあちこちに残っていますよ。父は釣りが大好きでね。コナルの岩って呼ばれる岩の上でよく釣りをしていました。それで、釣った魚のはらわたを出してきれいに洗ってから家に持ち帰ってきて。たくさん釣ったときは、近所に分けてやりましたね。毎晩父が主導して、アイルランド語でロザリオの祈り[14]を捧げて、私たちも順に一連を唱えていました。そのお祈りがね、なかなか終わらないんですよ。父がいろんなことを付け加えるものだから。ご近所の人の悩みとか、家畜のために祈ることもありました。お祈りにどうして家畜が登場するのか、子どもの頃はよくわからなかったんです。家畜がうちの暮らしを支えてくれていることを知らなかったから。私たちが夜出かける年齢になってからは、父は、私たちが家を出る前にロザリオの祈りを捧げるようにしていましたよ。父は一九三一年に六十六歳で突然亡くなりました。あの頃は人が亡くなると、大工仕事が得意な島の男が、亡くなった人の家の中で棺を作ったんですよ。自宅で二晩お通夜をしてから、馬に引かせた荷車か、車の屋根の上に棺をくくりつけて、家から直接墓地まで運びました」

「じゃあ、お母さんの実家はどうです？　この島に代々住んでいたのですか」私は尋ねました。

「いえね、母は島の人間じゃなくて、よそ者ですよ」シスが答えました。「ナンシー・ナン・ギャラガーという名で、湾の向こう側出身でした」そう言いながら、向こう岸を指さしました。「でも、ほんのちょっと海を隔てただけじゃないですか」そう声を上げた私に、シスが答えました。「それは関係ない。母は島の人間じゃない。だから、よそ者とみなされていたんです」

「じゃあどうやって島になじんだんです？」と私。「なじもうとはしませんでした」シスが続けました。「島の人間からはいつもちょっと距離を置いている感じで。母はそういう人でした。でもね、長年のうちに、母が素晴らしい女性だということが島の人たちにもわかって、だんだん敬われるようになったんです。母は、あらゆる野菜を作っていました。にんじん、かぶ、アメリカボウフウ、たまねぎ。あと、ジャガイモを二種類ね。私たちが食べるカーズ・ピンクと家畜にやるためのアラン・バナーの二種類でしたね。アラン・バナーはゆでてから海藻を混ぜて豚に食べさせました」そう言いながらシスは、岸辺から離れた、家の後ろの野原を示しました。「ほら、あそこで野菜とジャガイモを作っていたんです。ジャガイモを植えるときはね、まず家畜の糞を置いてその上に海藻をかぶせて苗床を作ります。そこに種イモを置いていきます。海藻はとても便利で、いろんなものを育てるのに使っていました。岩場から切り取ってくるんだけど、凍えるほど寒くて、手がかじかんじゃってね。あの頃はゴム手袋なんてなかったから。切り取った海藻はかごに入れて、ロバに積んで家まで運びました」

私たちはシスの話を聞きながら、草の茂った小さな坂を上っていきました。家の廃墟から岩だらけの海岸へ出ると、そこには一面に海藻がはびこっていました。家の外へ出たら、そこはもう海なのです。

「私たちがここに住んでいた頃は、海岸線はずうっと向こうにありました」シスが説明し始めました。「あれからずっと、海が陸地を削っているんです。私たちはクルイドって呼んでいますけど」そう言いながら、海が入り込んできている入江を指し、海岸に沿って指先を動かしました。いろいろな家畜を飼っていたときのことを思い出しているようでした。私たちが立っているまさにその場所に、昔はシスの家族の農場があったのです。

「うちにはロバが一頭と牛が四頭、豚が二頭いましてね。ガチョウは十二羽だったかな、それにニワトリはたくさんいましたよ。暖炉からあつあつの灰を取り出して、鶏小屋の止まり木の下に置いて温かくしてやったこともあります。家畜を家に入れることもあったから、母は家の中を汚れたままにしないよう、とってもきれいにしていましたよ。ほんとに大変だったと思います。水道も電気もない時代でしたからね」

「一頭の豚は売るためのもので、もう一頭はうちで食べる豚でした。まだ子豚のうちに、鼻に輪をつけました。庭を掘り起こしてしまわないようにね。明日は市場へ連れていくという前の晩は、きれいに洗ってやりました。市場では、いちばん高い値を付けた人に売るんですよ。売った豚の代わりに、春になったら子豚を買いましたね。もう一頭の豚を殺すと、近所の人たちに新鮮な肉を分けてやって、残りを塩漬けにしていました。木の桶に粗塩を入れておいて、そこにまぶして六日間放っておくんです。そして取り出したら、垂木のあまり高くない場所に吊り下げます。豚を飼っていたご近所では、みな同じようにしていたんです。でもね、別々の家で同時に豚を殺すことはなかった。別々に殺す方が、新鮮な肉を長い間楽しめますから。子どもの頃私たちは豚が好きでね。ペットにしていましたから。豚は体を横にしてお腹をかいてもらうのが大好きなんですよ。食べ物が少ない時期は、魚も塩漬けにしました。ガチョウは、羽根も綿毛もふとんや枕の中に詰め込んでいたし、羊の毛はもちろん、とても役に立ちました」

シスが、かがんで何かを手に取りました。岩に生える緑色のコケのように見えます。小さなスポンジのようなその植物は、繊細で柔らかな緑色をしていました。「羊の毛を染めるのに、母はこれを使っていました。他にはハリエニシダの黄色い花を使ったり、様々な色合いを出すために、たまねぎの皮や木の皮を使ったりしていました。でも染める前に、羊の毛を大きな木の桶の中で、何度も洗うんです。海水は羊毛に良くないから、真水を運んで洗い桶に入れていました。真っ白になるまで、私たち子どもがその上で飛んだり跳ねたりして踊るんです。それで、きれいになった羊毛を、母がすいたりかいたりして毛糸にします。母は毛糸で靴下やセーターを編んだし、色を組み合わせて機織り機でもいろんなものを編みました。糸をつむぐときはね、自分で染めたいろんな色の羊毛を脇に置いて、少しずつ違う色を入れてつむいでいきました。そうやって、オリジナルのまだらの毛糸をつむでいたんです」

シスは海の方へ顔を向けると、話を続けました。「父は音楽が大好きで、いつも口笛を吹いていました。ジャガイモ掘りで稼いだお金がたまるとフィドルをいくつか買って、兄たちに弾き方を教えたものです。不思議なことに、父はフィドルを弾くことができないのに、どんなメロディも上手に口笛で吹いていましたからね。だから兄たちも、すぐにメロディを覚えました。フィドルは暖炉の上の壁に下げておいたんですよ。そこなら安全だし、乾いていたから。よく晴れた夜、兄たちは家の外に腰かけてフィドルを練習していました。しばらく奏でていると、岸の近くを泳いでいるアザラシが、ヒューヒューと鳴き声を上げ始めるんですよ。遠くにいる仲間に知らせているんです。そうするとね、仲間がたくさん集まって波打ち際まで泳いで来て、フィドルの音色を聞いているんです。兄たちが弾くのをやめると、アザラシは泳ぎ去っていきました」

シスは、弧を描いて内側にカーブしている入江の突端にある岬を指さしました。「あそこがね、ゴブって呼んでる入り口で、スコットランドからの大型蒸気船が着いた場所です。ジャガイモ掘りの出稼ぎ人を迎えに来るんです。私たちは『イモ掘り人』って呼んでいました。島中の若い男女がこぞってイモ掘り人として出かけて行きました。とても若い子もいて、子どもといってていい年頃でした。まずボートに乗って、蒸気船まで連れて行ってもらいます。年が明けるとすぐ出かけて行って、クリスマス前に稼いだお金を持って戻って来るんです。大変な仕事だったと思いますよ。でもね、それが当たり前でした。スコットランドでは長時間働かされて、みんな一緒に大きな掘建て小屋で眠っていたそうです。女が部屋の一方の側に寝て、男はその反対側で、その間はついたてで仕切ってあって。一九三七年に火事で焼けて島の若者一〇人が亡くなったのは、そういう小屋でした。親方たちが外側から鍵を掛けていたから、ストーブから火が出たとき、島の青年たちは逃げ出すことができなかったんです」。話を聞いていると、シスが今も、島を去っていく若者たちとの別れを悲しみ、あの恐ろしい火事を嘆いていることが伝わってくるのでした。

「出稼ぎに行かない人たちが、ボートに乗って蒸気船まで行って、見物してくることもありました。ボートは出稼ぎの人を乗せるため、また入り江に戻ってくるでしょう。そのとき乗って帰ってくるんですよ。出稼ぎ人をようやく全員乗せ終わると、蒸気船が出発し、海峡を進んでいきました。岸辺に残された家族は、船を追って岬の突端まで歩いて行きました。

船の姿が見えなくなるまで手を振り続けて、愛する家族を見送っていましたね。赤と黒のツートンカラーの煙突が、煙と蒸気をもくもく吐き出していたのをよく覚えています。狭い海峡を進んで行く船が、悲しげな汽笛を響かせ、だんだんと見えなくなっていくんです」。クルイドには、島の人々の歴史がしっかりと記憶されているのだわ。そう思いながら私はその場を後にしたのでした。

その晩、シスの自宅でみんなで食卓を囲んでいるとき、シスが島の習慣についていろいろな話を聞かせてくれました。「お見合い結婚が多かったんですよ。式の当日、教会で花嫁と花婿が初めて対面するなんてこともあったくらい。教会まで往復するのに、花嫁と花婿はたいてい車に乗っていったけれど、その他の人はみんな自転車でした。式が終わると、誰がいちばん先に家に到着するか、いつもきまって競争になりました。いちばんになると、大ジョッキ二杯の黒ビールがもらえるから。どのみち全員が、最初の一杯は飲ませてもらえるんですけどね。あの頃は、結婚式のプレゼントなんて聞いたことがなかった。披露宴場所の家ではダンスをして、近所の家でお茶とパンとジャムをいただきました。戦時中[16]だから、ジャムはぜいたく品でした。自分で作るのなら話は別だけど。みんな一晩中踊り明かしたものです。まあ、黒ビールがなくなって踊りも終わり、っていうこともありましたけど。黒ビールの樽の口を正しくあけることのできる人は島でひとりしかいなかったんです。だからその人は、どの結婚式にも必ず招待されていました。音楽を演奏するのは地元のミュージシャン。あの頃はどの家庭にも歌がうまい人とかフィドルやアコーディオンを演奏できる人がいたんです」

「当時は未婚の母になるなんて、とんでもなく恥ずかしいことでした。家族全員の恥だったんです。いちどミサの最中に、司祭が祭壇から、ある少女を痛烈に非難したことがありました。よく覚えているわ。その家族は、とても恥ずかしい思いをしたと思います」

「それで、そういう女の子たちはどうなったんですか？　母親と赤ん坊が入れられる、あの手の施設に入所したのですか？」私は尋ねました。

「いえね、そういう所へは行きませんでしたよ、たいていは。少女たちは家族と一緒に暮らして、妊娠している九か月の間、ほとんど外へ出ませんでした。生まれたら、その家族みんなで赤ん坊の世話をするか、でなければ姉さんがその子を育てたものです。アキル島では、自分たちの子どもは自分たちで育てる、という考え方をするから」

それから、シスは自分の家族について話し始めました。「私は八人きょうだいでね、男が五人に女が三人です。私は末っ子で、すぐ上の兄は二歳で亡くなりました。母が立ち直るのには、ほんとに長い時間がかかりました。上のふたりの兄がはじめスコットランドへ渡り、それからイングランドに移りました。やがてそのふたりが、弟たちの仕事を見つけてくれて、イングランドに呼び寄せたんです。あの頃は、所帯を持つ男はみんな外国へ出稼ぎに出て、帰ってくるのはクリスマスでした。島にいる間は作物の植え付けをし、泥炭の切り出しをし

て、それが終わるとまた出稼ぎに行ったんです」

「あなたは、移住したことはないのですか?」私が尋ねました。

「いちどね。だけどほんの短い間だけ。家の前に海がないなんて、耐えられなかったから。それに、誰かが実家の母の面倒をみなくちゃならなくて。当時ね、師範学校に入学するための奨学金の試験があって、合格できるからやってみないか、先生にそう勧められたんですよ。私が断ったもんだから、先生がうちにやって来て、ぜひ受験させてやって欲しいって両親に話したんです。それでも私は断ったんですよ。だって合格すると思えなかったから。試験を受ける人が他にもいたら、もしかしたら受けに行ったかもしれません。でもね、試験を受けるには、アキル海峡を渡って本土へ行かなくてはならなくて。あそこまで七マイル半（約十二キロメートル）はあるんですもの。歩くにしても自転車で行くにしても、遠すぎると思ったから。それに、本当はダンスが習いたいなんて、先生にも両親にも、とても言い出せなくて。みんなかんかんに怒ってしまったんです。断った次の日、上の兄のトムが小枝でかごを編み始めました。何のためにそんなものを作っているの、って私がまぬけな質問をしたら、こう言われてしまいました。『おまえはこれから一生このかごを背中に背負って仕事をするんだぞ』。それ以上、何も聞きませんでしたとも」

「そのトムですけど、神様がお造りになった人間の中でも、いちばんの頑固者でした。島の娘と結婚することになったとき、結婚式の前に母が、息子はすごい頑固者ですよ、と花嫁に伝えにいったくらい。ふたりはイングランドへ行って暮らしていたんだけど、次に島に帰ってきたとき、お嫁さんが妊娠していて、アキル島の実家で赤ん坊を産みたい、そう言ったんです。トムは大反対で『そういうことなら、俺はびた一文送らないからな』と言い放ってね、なんとその通りにしたんですよ。でもね、いつも通り自分の母にはお金を送ってくれていたから、母が毎週島を横断して、息子の妻にお金を届けに行きました。他の三人の兄、マイケル、マーティン、コンはずっと独身で、クリスマスになるとイングランドから戻って来ました。三人とも、家族にとても良くしてくれましたよ。洋服やら靴やら、私たちが欲しいものは何でも買ってくれたんです。戦後は配給制になって紅茶が手に入らなかったから、自転車のタイヤの中に隠して、イギリスからこっそり持ってきてくれたこともありました」

「クリスマスにみんなが帰ってきて、家族が再会するのをみんなとても喜んでいました。でも、また出かけていく時期になると、島中が憂鬱な気分になるんです。だって、夫や父親、息子、おじ、それにときには娘やら姉たちも出かけて行ったから。大型のバンが迎えに来て、船着き場に連れていくんだけど、あの頃は車などめったになかったので、バンが島に上陸するとすぐにわかるんです。エンジンの轟音が響き渡るから。バンは最後に、わが家の立つ山のふもとにやって来きました。いちばん端の家の前で停車する音がして、少しするとまた別の家の前で止まるのがよく聞こえます。だんだんと近づいて来て、ああ次はうちだな、とわかるんです」

「姉のサラとマギーはジャガイモ掘りにスコットランドへ行って、島の女性たちがみんなそうしていたように、その後、イングランドへ移りました。上から四番目のマギーはね、アイルランドに戻って来てベルマレット[17]の男性と結婚して、そこに住むようになりました。子どもが七人できたけど、末っ子がまだ赤ん坊のとき、マギーは末期がんと診断されたんです。余命は短いと言われて。まだ三十八歳でした。サラと私はベルマレットへ向かいました。あの頃は、うちに車がなかったから、遠くてね。もう長くはないってことをマギーは知らなくて、そのことを本人に伝えて欲しいって、マギーの夫に頼まれていたんです。それまでの人生でいちばんつらい役目でした。どうにかいちばん良い方法で本人に告げることができ、子どもたちの面倒は見ると約束しました。アキル島のお墓に入りたいか、って尋ねたらマギーは、ベルマレットの子どもたちのそばにいたいと言いました。子どもたちは町から出て行ったとしても、いずれはベルマレットに帰って来るだろうって。その晩に亡くなりました。葬儀の翌日、病院の看護師に、マギーの小さな茶色い財布を渡されました。中には一ポンド紙幣と一シリング硬貨、それに、結婚指輪が入っていたんです」

「子どものうち三人は私が引き取り、ふたりはサラのもとへ行き、あとふたりはベルマレットのおばあちゃんの家で暮らすことになりました。この人が、聖人みたいにいい人でね。七人全員を引き取ると言ったんだけど、いい年だから無理だろうということになって。いちばん下の子は十六か月だったから、おばあちゃんから離さない方がいいということで、彼女が引き取りました。まだ三歳のメアリーは、食卓にお膳を整える私の手伝いをしながらこう言うんです。『マミーはね、こうやって置くのよ』。ほんとにかわいそうで。あの頃は、人生最悪の時期でした。子どもたちを思うと、胸が締め付けられてね。私も痩せたし、脱毛症にもなったし。島では、火ばさみを黒ビールの中に突っ込んで気付け薬にしていたから、私もいちど試してみたんです。ひどくまずくて、二度と飲みはしなかったけど。そのうちにだんだんと悲しみから立ち直っていきました。海の近くにいると、落ち着きました。海には、癒しの要素があるんです。近くに坐って海の音に耳を傾ければいいの。それでずいぶん癒されましたよ。小さな茶色い財布は、台所の食器棚の上にきちんとしまっておきました。それでね、マギーの息子たちがティーンエイジャーに成長したあるとき、そのひとりが偶然財布を見つけたんですよ。あの子ったら立ち尽くしていました。『これ、マミーのだよね』。ゆっくりとそう言った彼の頭の中に、どんな記憶がよみがえったのかなと思って。『欲しいなら、あげるわよ』と言うと、うなずきました。それから、メアリーが結婚するときには、マギーの結婚指輪を渡しました」

「あなたのご主人は、理解のある素晴らしい人なんですね」私はそう言いました。

「ええ、最高でした」シスが微笑みました。「あんなに優しい人は他にはいませんよ。夫としても素晴らしかった。うちの子はふたりとも自宅で産んだけど、ナンシーの出産には、姉のサラがイングランドから来てくれて、付き添ってくれました。サラはずいぶん若いときにイングランドへ渡っていたから、私が母から教わったことで、彼女が知らないことがたくさんあったんです。だからね、ナンシーが生まれたとき頭に羊膜をかぶって出てきたのを見てびっくりしちゃって。羊膜なんて、知らなかったんですよね。フリルで縁取りされたみたいな透明な膜が、赤ん坊の頭と顔にへばりついているんだから。相当ショックだったんでしょうね。膜は薄くて繊細で、赤ん坊の顔ははっきり見えるから、『この膜を顔につけたまま人生を送るなんてあんまりだわ』そう思ったんですって。だけど膜のことを知っていた医師が、そっとめくり上げて頭からするりと脱がしてくれて、それでサラは安心したんです。近所の人が赤ん坊を見に次々にやって来て、島の年寄りのメール・モールも来ました。その人はね、若い頃とても多くの赤ん坊を取り上げたんです。彼女が赤ん坊を見てこう言いました。『あ、神様がこの子をお造りになったとき、御心に何のわだかまりもなかったんだね』。羊膜を頭にかぶって出てくる赤ん坊は、十八万人にひとりだそうで、幸運のしるしなんですって。船の船長たちは、大金を払って羊膜を手に入れて船に乗せるそうですよ。『幸運の羊膜』を乗せている船は沈むことがない、っていうから」

シスはこういう話を、正直に、少しも大げさにすることなく話してくれました。つらいこともある人生だったでしょうが、シスが冷たい人間になることはありませんでした。それどころか、山あり谷ありの思い出をたくさん抱えた心温かい女性になったのです。この島でいろいろな苦労をし、泣いたり笑ったりして、みんなに愛されたこの女性は、自分に与えられた人生を生きただけでなく、豊かな追憶の源となり、家族の中心として大切にされているのでした。

その晩、激しい嵐がアキル島に吹き荒れていました。窓ガラスに叩きつけるような風の音を聞きながら、私は考えにふけっていました。その昔、海に向かって立つ、あの石造りの小さな家での暮らしはどんな風だったのだろう。暖房も二重窓もなく、断熱材もない、荒れ狂う大西洋が襲い掛かってくる、あの家での暮らしとは。

訳注

1　アイルランド語――アイルランド共和国の公用語はアイルランド語と英語であるが、国民のほとんどが英語を使用している。日常的にアイルランド語を使用している国民は、人口のおよそ二%といわれる。

2　ブラスケット諸島のペグ――ペグ・セイヤース（一八七三年～一九五八年）。アイルランド本土に生まれ、結婚してブラスケット諸島へ移った語り部。英雄譚や怪談、民話、宗教的な話など三五〇ものストーリーを語った。現代のアイルランドで、女性の語り部として最高の人物と評される。ブラスケット諸島は、アイルランド最西端ディングル半島の沖に浮かぶ島々。最大の島グレート・ブラスケット島は、人口が減少したため、一九五三年に政府が全島民（二十数名）を本土に避難させ、無人島となった。

3　パトリック・マッギル――一八八九年～一九六三年。アイルランドのジャーナリスト、詩人、作家。

4　アキル島――北西部メイヨー県の島。本土とは短い橋でつながっている。

5　ミッドウエストラジオ局――メイヨー県にあるラジオ局。中高年をターゲットとした番組を展開する。

6　『こころに残ること』――『こころに残ること―思い出のアイルランド』、アリス・テイラー著、拙訳、未知谷。

7　マクベス夫人――ウィリアム・シェイクスピアの『マクベス』に登場する人物。原書ではこのセリフは、夫人ではなく、マクベスのもの。

8　ゴバン・サエル――アイルランドの民話に登場する、七世紀ごろ活躍したといわれる鍛治屋で建築家。多くの聖人から依頼を受けて教会や鐘楼などを建てたとされる。イギリスの王に招かれて現地へ向かう旅の道中、同伴していた息子に「この長旅を短くしてくれ」と告げると、息子は父を楽しませるために物語を語ったという。

9　ポール・ヘンリー――一八七六年～一九五八年。北アイルランド生まれの画家。アイルランド西部コネマラ地方などの景色を精力的に描いた。一時期アキル島に住み、海や丘に光が当たる風景を描いた。

10　クロッシェレース――アイリッシュ・クロッシェレースともいう。アイルランド発祥のかぎ針編みのレース。

11　ボビンレース――何十個ものボビンに巻いた糸を、ねじる、からめる、結ぶなどしながら編んでいくレース編み。

12　ソーダブレッド――イースト菌の代わりに重曹を使って膨らませるパン。アイルランドやイギリスでよく食べられている。

13　バターミルク――牛乳から脂肪分を取ったあとの残りの液体。

14　ロザリオの祈り――聖母マリアへの祈り。ロザリオ（数珠）を繰り「アヴェ・マリア」を唱え、イエスの生涯を黙想して祈る。

15　フィドル――アイルランド民謡などで使われるバイオリンの呼称。
16　戦時中――アイルランド独立戦争（一九一九～二一年）を指す。第一次世界大戦後、アイルランドがイギリスからの独立を求めて始めたゲリラ戦争。
17　ベルマレット――アイルランド本土メイヨー県にある町。アキル島からの道のりは六〇キロメートルほど。

第二章　火を灯す女《ひと》（母）

実家の農場で、大仕事をしなくてはならなくなると、いつも母はこう言いました。「みんな、よしやるぞっていう気分ね。わくわくするわ」。そして私たちが、うまくやり遂げられるか自信がないと言うと、決まってこう言うのでした。「できるに決まってるじゃない」。できると思えばなんでもできるのであり、やり始めてしまえば妨げはなくなる、そう固く信じていたのでした。つまり、大切なのは仕事に取りかかることだったのです。「やればできる」という考え方を、母は実生活に伴う厳しい問題をこなしていくうちに身につけた、私はそう思っています。あの頃の女性は、電気も水道もなく、つらい仕事を楽にしてくれる現代の家電のようなものもない状態で、日々の暮らしを送っていました。そんな環境にいた女性たちは、肉体的にも精神的にも強かったことでしょう。

けれども母には、優しく温かい面もありました。子どもや隣人に何か問題が起こると、キャンドルに火を灯し、ガラスのボウルの真ん中に立てて客間のテーブルに置きました。神が

訳注　58頁～

私たちのことを忘れずに見守ってくださるように、こうするのが母のやり方でした。キャンドルだけではもの足りないと判断すると、食卓の脇に跪《ひざまず》き、静かにロザリオの祈りを捧げます。母が晩年になると、世界中のあちこちにいる子どもや孫たちがたびたび連絡をよこし、キャンドルに火を灯して欲しいと言ってきました。そうすると、母が祈りも捧げてくれるとわかっていています。生まれ故郷で、母が心のこもった祈りを捧げてくれていると思うと、勇気づけられたのでしょう。困ったことが起こると、今では私がキャンドルに火を灯します。娘は魂の芯の部分を母親から受け継ぐものなのです。

一九二八年、母はコーク北部の実家の農場から、数マイル離れた父の農場に移り住み、父の家系に加わって、新たな家系図の一部となりました。ローンを支払う必要のない家で、生涯の仕事をすることになったのです。当時の習慣として「持参金」を持って父のもとに来たのだと思います。母のように、実家の農場で働いていた娘たちは賃金をもらっていませんでしたが、結婚するときには、持参金ともいえる一時金をもらったものでした。そのお金は結婚相手の農場を良くするために使われたり、おそらく、義理の妹が結婚して他の農場へ移るときの持参金とされたりしました。マンスター地方のあちこちの農場で、持参金がぐるぐる回っている、そう言われていたほどですから。

母は子どもの頃、近くの町にある公立小学校へ、毎日三マイル（約四・八キロメートル）の道のりを歩いて通っていました。アイルランド独立戦争のまっ只中で、いたるところにイギリス警備隊員[1]がいました。正式な訓練を受けていないその隊員たちは何をやらかすかわからず、残忍で手に負えないといわれていました。警備隊員の大型トラックが近づいてくる音がすると、子どもたちは溝の中に身をひそめます。というのも、隊員が子どもに銃を向け、頭のすぐ上で発砲したことがあったからです。それ以後、トラックのエンジン音が聞こえると、路上から子どもたちがさっといなくなりました。

　母には弟と妹がひとりずついました。一方父には妹がふたりと弟が六人いたので、母はずっと大きな家族の一員となったわけです。結婚したとき、父の両親はすでに亡くなっていたので、義理の父も母もいなかったのですが、いちばん下の弟と妹がまだ実家の農場に住んでいました。けれど、父のきょうだいと同居することは、母には何でもないことでした。長年にわたり、母の実家には大勢の親戚が出入りしていたからです。

　新居に移ってはじめて難題に直面したときのことを、母が私たちに語ってくれたことがありました。義理の妹になった人のために、母が結婚披露宴を取り仕切ることになったときのことです。披露宴は自宅で行うことになっていて、花嫁が作った見事なウェディングケーキが、客間でいちばん目を引くテーブルの真ん中に置かれていました。実家を出ていた兄たちが、妹の結婚式に出席するため、妻と子どもを連れて戻ってきていました。教会で式が行われている間、子どもたちは家に残って庭で遊んでいました。すると、いたずら好きなある男の子が窓から客間をのぞき込み、美しいケーキが置いてあるのを見つけたのです。すっかり心を奪われたその子は、他の子たちを呼んできて、ケーキを指さして見せました。みんな、こんな素敵なケーキを見たのは初めてです。誘惑に抵抗できず、子どもたちは客間に踏み込みました。そしてその子は、周りに群がるいとこたちにケーキを切り分けてやったのです。

そこへ、式に出席していた一行が戻ってきました。花嫁は、もうカンカンです。新しい住まいの女主人となった母にとっても、順調な滑り出しとはいえません。父と母は、なんとか騒ぎを治めようとしました。けれども花嫁が、その子の犯した野蛮なふるまいを忘れると言って、父親である自分の兄を許したのは、ずいぶんたってからのことでした。そして、それから数年が過ぎると、花嫁はもちろんすべてを水に流したのでした。広大な果樹園を持つ男性と結婚した彼女は、私が子どものころ、毎年秋になるとリンゴのいっぱい詰まった大きな袋をいくつも抱えてやって来ました。あのときのケーキと少年の犯した罪については、それからは決して話題に上りませんでした。

結婚したら、夫の家族とも結婚することになる。母はそう固く信じていました。後年になり、私が「夫の養母が隣に住んで[2]いると何かと不都合だ」そう不満をもらしたとき、母にぴしゃりと言われました。「夫の家族をけなすことは、夫をけなすこと」。それ以来、私は思いあがりを改めることにしました。そうはいっても、母は、新たに親戚になった人たちの欠点もちゃんと見抜いていて、あるとき私に、いたずらっぽくこう言いました。「結婚当初から気づいていたけど、テイラー家の人たちって、自分が他人より上だと思っているのね」。あの少々皮肉った言葉は決して忘れません。私もテイラー家の一員として、一家の人々のそういう面を常にもてあましているからです。

口数の多い義理のきょうだいの中にいて、思ったことを率直には口にせず、黙って行動する意志の強い女性。これが母の強みでした。家族と家庭生活を大事にし、みんなに栄養のある食事をたっぷり食べさせなければならないという、ゆるぎない信念も持っていました。ときに、わが家の出費について、父が痛烈にこきおろすことがありました。うちは無駄遣いが多くて、その分でもうひと家族養える、というのです。確かに、わが家にはいつも人が出入りしていました。隣人たちが互いの家を自由に訪れていましたし、母は誰が訪ねて来ても歓迎したからです。来客は食事をご馳走になるか、そうでなくても、何か別の物でもてなされました。その上、あの当時「鋳掛屋」[3]と呼ばれていた「旅回りの人々」もいました。男たちがブリキ職人だったためそう呼ばれていて、決まった時期になるとわが家を訪ねて来ましたが、手ぶらで帰ることはありませんでした。ちょうど父がわが家の経費節減に取り組んでいる最中だと、「あいつらはうちの家族より栄養状態がいいぞ」と母に告げるのでした。母は柳に風と受け流し、相変わらずしたいようにしました。というのも、食卓まわりは自分のなわばりだと考えていたのです。

当時の重要な食糧源は豚でした。そして豚の扱いは、屠殺以外はすべて女の仕事だったのです。うちでは豚を殺す仕事は、ダニエルおじさん（母の弟）がやってくれました。上手に殺すことができたからです。屠殺した豚の解体は、近隣の農家全体で行いました。近所の女性たちが集まって、ソーセージやブラックプディング[4]の詰め物をするのです。作り方は家庭によって様々でしたが、豚の持ち主の作り方が優先されました。そうすると、一年を通して、いろいろな風味のソーセージを楽しむことができました。「プディングの詰め物」と呼ぶ作業をするとなると、うちじゅうがごった返します。気味の悪い内臓が入ったバケツが台所中いたるところに並び、ほうろうのバケツには、ゆでた豚の血がなみなみと入っていて、その中にハーブやら何やら他の謎めいたものが調合されます。ブラックプディング用の材料の混ぜ合わせと、ホワイトプディング用の混ぜ合わせが準備されました。手の汚れる作業を進めていき、ようやく混ぜ合わせが肉ひき機の中に入れられます。それから、きれいに洗った豚の腸を肉ひき機のじょうごの部分に取りつけます。肉ひき機を操作すると、腸の中に混ぜ合わせが入っていくのです。すると、太いチューブ状のソーセージがどんどん長く伸びていきます。それを母がちょうど良いところで切り、端と端をつないで大きな丸い輪にしてから、暖炉の火の上でぐつぐつ沸き立っている鍋に沈めます。しばらくしてから、母は鍋にほうきの柄を突っ込んで、ソーセージを巻き上げるようにすくっていき、完全に引き上げてから冷めるまでそのままぶら下げておきました。今でこそ、たいていのスーパーマーケットで、世界に名だたるクロナキルティ社のブラックプディングを買うことができますが、すべての始まりは、アイルランドの田舎に住む、才気あふれる農家の女性たちだったのです。いちばん大事なことは、豚がもたらしてくれる食料をひとつ残らず保存することでした。新鮮なステーキや手作りのソーセージ、ブラックプディング、ホワイトプディングは、近所の家庭に分けられました。もらった農家は、今度は自分の豚を殺すとき、お礼を返すのです。こうして、近隣のみんなが、新鮮な肉をひんぱんに食べていたのです。

プディングの詰め物が終わると、今度は男たちが肉に塩をまぶします。それが終わると、肉はもう一度母の手にゆだねられます。大樽の中に入れて、塩漬けにするのです。一年を通して家族のみんなが食べることになるため、この作業はとても丁寧に行いました。決して手順を間違うことなく作業をする必要があったのです。まず、きれいに洗って熱湯で消毒した、丈の高い木の樽の底に塩を敷きます。その上に、間に塩をはさみながら、塩をまぶした肉の塊を敷き詰めていき、樽をいっぱいにします。わが家の裏手の牧場にある井戸から、湧水をバケツにたっぷり汲んでおき、それを樽の肉の上から注ぎ込みます。でもその前に、水の中にも塩を入れておかなくてはなりません。塩の濃度がじゅうぶんかどうか確かめるため、バケツの中に卵をひとつ落とします。卵が浮き上がったら塩の量はじゅうぶんですが、沈んだら、もっと加えなくてはなりません。漬け汁と肉で樽を満たしたら、きれいに洗った大きな石か木の重い厚板をてっぺんに乗せて、肉が浮かび上がってこないようにします。何日もそのままにしてから、ベーコン用の部分を取り出し、台所の天上からいくつも下がっている肉釣り用のフックにひっかけておきます。そうすると、だんだんと乾燥していくのです。ハムにする部分の肉については、母はことのほか注意して扱いました。あの素晴らしくおいしいクリスマスのハムを再現しようと、私はいまだに苦心しています。

母には子どもが七人いましたが、末の息子が四歳で亡くなると、たいそう悲しみました。何年もたってから、そのことについて話していると、母は静かな声で私に言いました。「コニーのことでは、あんまり長いあいだ、ひどく悲しみすぎたわ」。「でもね、母さん。あの子はまだ四歳だったたし、本当に悲しかったのだから仕方ないわ」私はそう思いを述べました。「わかってる。でも、あたしは悲しんでばかりだったから。それで、父さんやあなたたちがどんな気分になるか、気づかなかった」。母親というものは、家族のために、常に強く思いやりのある存在であるべき、母はそう考えていたのです。一家の雰囲気は母親で決まるからです。母とそんな話をしたことが、私の心に残っています。

母は物静かで分別のある女性でした。私たちが良い成績をもらってきても、他人に自慢することはありませんでした。子どもたちが何かを成し遂げると、それがどんな小さなことでも、自分の心の中でひそかに喜んでいたのでした。ある女性が、才能に満ち溢れた自分の家族の、うんざりするような自慢話を、わが家で延々として帰ったことがありました。母は椅子から立ち上がりながら、まったく理解できないという風にこう言いました。「あんな話をして、いったい何のためになるっていうのかしらね」。良いことは、わざわざ説明しなくてもおのずからわかるものだ、そう考えていたのです。

あの頃の母親や祖母は、信じられないほどたくさんの仕事をこなしていました。電気も水道もなく、家事を楽にしてくれる家電もない家で大家族の世話をしていたのに、それだけでなく、毎日欠かさず乳搾りをし、子牛や豚、ニワトリ、アヒル、ガチョウの餌やりもしていたのです。そして、もっと大きな家畜の世話もしていました。動物たちのねぐらを手入れし、病気になったりお産をしたりするときは介抱しました。牛の世話だけは例外で、これは、必ずとはいわないけれど、たいていは男の仕事でした。

私たち下の子どもが起きてくる午前七時頃には、母はもう外に出て、父や兄、姉たちと一緒に乳搾りをしていました。姉のひとりが私たちを起こし、暖炉に火を入れ、朝食用に食卓を整える担当でした。オートミールのお粥が入った大鍋が、すでに火にかけてありました。前の晩に母が下ごしらえをし、熱を保っている熾火《おきび》の上に掛けたままにしておいて、ゆっくりとできあがったものでした。母は、きちんと朝食をとることが大切だという信念の持ち主で、食べてこそ一日を乗り切ることができると言い切りました。それで、お粥の後には、ゆで卵と手作りの黒パンが続くのです。朝食のあと私たちは自分で昼食の準備をし、学校へ出かける頃には、母が家に戻って来ます。姉たちは、学校へ出かける支度をするため、もう少し早い時間に乳搾りから戻って来ていました。

朝食が済むと、父は牛乳をクリーム加工所へ持っていき、母は自分が担当する「外の仕事」を始めます。真っ先にするのは、もう大声で鳴きたてている子牛にミルクをやることです。家畜の中でいちばん騒々しいのは子牛ですが、その頃までには農場のあらゆる動物が、お腹を空かせて抗議の声を上げているのでした。子牛の一頭一頭にバケツからミルクをやり、もう少し大きな牛は飼葉桶の周りに群がってくるので、バケツで桶の中にミルクを入れてやります。すると、ものすごい速さでがぶがぶと飲み、桶は空になってしまうのでした。そのあと牧場に放たれた牛たちは、自由になった喜びで跳ね回ります。次に餌をやるのは豚で、これは大変な仕事でした。まず作業小屋で、大きな木のたらいの中に餌を入れ、よくかき混ぜなくてはなりません。その餌を入れたバケツを持って豚小屋の戸を開けると、お腹を空かせた豚の猛攻撃に直面します。その間を、小屋の真ん中にある丸い鉄製の餌入れまで、バケツを持ってバランスをとりながらどうにか歩いていくのです。豚たちは、いつも懸命になってバケツをひっくり返そうとしましたが、食べ物が餌入れに空けられると、その中に鼻先をうずめ、ようやく静かになりました。それから、臆病なめんどりたちにも餌を与えます。めんどりは小屋から出されると、甲高い喜びの声を上げながら母の周りを走り回り、ばらまかれたカラスムギをついばみました。すると、近くの木々の枝で待ち構えていた小鳥がたくさん舞い降りて来て、めんどりと一緒に餌をつつきます。ガチョウとアヒルは、囲いから出されると、牧場を横切って、まっしぐらに川を目指しました。そうしてすべての家畜が腹ごしらえを終えると、騒ぎはだんだんと静まっていくのでした。

母が台所に戻るときには、泥炭をバケツにいっぱい入れて持ち、片腕には薪を抱えていました。この時間には、暖炉の火はまだ小さいままになっているので、そこにくべるのです。それから台所を片付けます。朝食で使った食器を洗い、パンを焼き始めるのです。母は、毎日大きな黒パンひとつと白パンもひとつ焼いていました。パンを焼いている間に、昼食の支度をします。わが家では、昼食が一日のいちばん大切な食事でしたから、ジャッキー・ヒーリー・レイに言わせれば、「普通の人々」ということになります。その日、まだジャガイモを掘っていなければ、自宅近くの畑へ出てジャガイモ掘りをして、キャベツとカブも採ってきます。この三つは毎日食べる野菜でした。汲んでおいた井戸水が少なくなると、井戸へ行き、バケツいっぱいに汲んできます。台所まで運んできたら、白いほうろうのバケツに空け、サイドテーブルの上に置きます。これは、飲んだりお茶を入れたりするためだけに使う水でした。この水を他のことに使うなど、誰も考えもしませんでした。わが家のすぐ脇には、農場の上の丘から流れてくる小川が通っていたので、水は常に確保できました。うちの敷地内でこの水をパイプで引いてきて、「水口」と呼んでいたところから出していました。水口の下では、ジャガイモを洗ったり、こすり洗いをする必要のあるものは何でもごしごしこすったりしました。水口の水でジャガイモを洗ってしまったら、母は材料をいくつかの鍋に入れ、暖炉の火の上にかけて煮立てます。鍋がぐつぐつ煮立っている間に、二階へ上がりベッドを整えます。鍋の中身がすべて煮上がったところで食卓を整え、フックから笛を取って戸口から出ると、牧場に散らばっている腹ペコの家族に笛を吹いて集合の合図をするのです。農場を手伝っている人間がいれば、その人も頭数に含め、学校へ行っている子どもの食事は別に分けておきました。干し草作りの時期か穀物を収穫する頃なら、手伝ってくれる作業チームの人数に合わせて食事の数を何倍にもしなくてはなりません。大変な準備をしなくてはならないのですが、材料さえそろえば、大勢の人にご馳走するのはぜんぜん苦にならない、母はいつもそう言いました。母いわく「おいしい食べ物を食卓に出すこと」は、どの家庭でも大切な暮らしの一部であるはずでした。

思いがけない来客があっても、母は必ずおいしい食事を作って歓待し、それができることを喜んでいました。わが家は、狭くて長い田舎道のつきあたりにあり、いちばん近い町まで三マイルありました。近所には、急な来客があったときなどに頼りになる商店さえなかったので、お客を食事でもてなすことは、簡単ではありません。それでも母は、限られた材料を使って手早くおいしいものを作るのが得意でしたし、上等なテーブルクロスを敷き、立派な食器に入れて出せばご馳走になる、そう堅く信じていました。

さて月曜は、わが家の洗濯日でした。汚れた物を水に浸して洗い、ぶくぶく泡を立て、洗濯板の上でごしごしこすり、すすいで、それでも落ちないがんこな汚れ物は煮立たせ、それから外につるして乾かす、という耐久レースのような作業を、ただでさえ忙しいスケジュールの中にどうにか組み込みます。年に一度のキルトと毛布の洗濯には二、三日かかることもあり、そのあいだ台所は湖になりました。毛布を洗濯するかどうかの決断はまったくお天気しだいで、「毛布の洗濯日和ね」というのが、お天気に対する母のこの上ないほめ言葉なのでした。それより良いお天気はありえないという意味だったのです。

夕食が済むと、客間からミシンを運んできて台所の食卓にのせます。母は家族全員の洋服を縫い、繕っていました。その時間になると、近所の女性たちがおしゃべりをしに、牧場を横切ってやって来ることもありました。上等な布地に目がない母は、質の良いウールの毛布や純綿のシーツを、いつも欲しがっていました。それでも予算が足りなくて質の良い綿製品を買うことができないと、自分でシーツを縫いました。小麦粉が粉ひき場から運ばれてきたとき入っていた白い袋を使って作るのです。小麦粉の袋は、きめの粗い亜麻布か質の良い綿でできていて、洗って漂白すれば、丈夫なシーツや枕カバーやエプロンにすることができたのです。母はこの袋を年じゅう集めていて、自分で使わない分は、ケイトおばさんが来たときに渡すため、おばさん用のトランクに入れました。ケイトおばさんというのは、うちの親戚の中でいちばん裁縫がうまい人でした。

それから母は、都合の良い時間に外に出て、農場のあちこちを回って鶏の卵を集めます。めんどりたちには専用の小屋があり、産卵用の箱が作りつけてありました。けれども、納屋や馬の飼葉桶の方が好きなめんどりがいて、そんな場所に巣を作ることがあったのです。言うまでもなく、畑で一日懸命に働いた馬たちは喜んで小屋に帰ってきて、顔を卵でツヤツヤにしながら、飼葉桶の中身をさっさと平らげてしまいます。栄養剤のような生卵が大好物なグレイハウンドもいたので、母が卵を集めてしまうまで、その犬はつないでおかなくてはなりませんでした。

それから、いつもの午後四時のお茶と軽食の時間になります。そのあと母は「こまごました用事」と呼んでいる仕事を片付けます。たとえば果物を収穫する時期なら、ジャム作りを始めます。その他には、生まれたばかりの子牛に食べさせるふすまを混ぜ合わせ、白痢を患う牛を介抱する、などがありました。白痢とはひどい下痢のことで、子牛の世界では大きな問題でした。感染力が強いため、病気を抑え込む必要があったのです。それが済むと、子牛と豚とめんどりにまた餌をやる時間になります。この家畜たちは小屋の中に入れて、夜の間休ませました。午後六時頃、牧場から雌牛を連れもどして乳搾りをします。それが済むとようやく外の仕事は終了です。夏の間は、乳搾りのあともう一度雌牛を牧場へ出して夜を過ごさせます。そして、夕食の時間になるのです。

夕食が済んだら繕い物をする時間です。母はオイルランプの下に腰かけて、穴だらけのセーターや靴下を周りにたくさん置きました。母が繕い物をする間、私たちは宿題をしていました。夜になるとうちの暖炉の周りに集まってくる近所の男たちがいて、母は彼らとおしゃべりもしていました。一日の終わりの仕事はお粥を作ること、それに、外から洗濯物を取り入れて、暖炉を囲むように並べた椅子の背に掛けることでした。そうやって、洋服がよく乾くようにしたのです。

CONGREGATION OF THE CHILDREN OF MARY

信じられないほどたくさんの仕事をこなしていたのに、私には、せかせかしている母を見た記憶がありません。いつでも、私たち子どもや近所の人たちと一緒に腰を下ろして、おしゃべりをする余裕があるようでした。夏には夕方になると、母がうちの裏手にある昔の砦跡へ出かけて行くことがありました。そこは父が木を植えていた場所で、母は暖炉にくべるための棒切れを拾って束にして持ち帰りました。ブリキのガロン缶を持って出かけ、ジャムを作るためのクロイチゴを集めてくることもありました。そしてまた、丘の斜面の牧場を通り抜けて長い散歩に出かけ、何時間も戻らないこともありました。いま思うと、そのあいだ母はゆっくりと静かに過ごし、しんと静まり返った野原で心の平安を取り戻してから家に戻り、忙しい日常と折り合いをつけていたのでしょう。ときどき父は母にこう言いました。「レナ、谷間に雲隠れするときは、頼むから笛を持っていってくれ。でなきゃおまえがあの辺りの穴に落っこちても誰も気づかんからね」。父の頼みを母は聞き流していました。聞き流した方が良いときは聞き流す、それが母のやり方でした。

子どもの頃、母が忙しく立ち働いているのを当たり前だと思っていました。母は、しなくてはならないことをすべて行い、その上時間をやりくりして、牧場を横切って病人や手助けが必要な隣人のもとを訪れていました。今になって思うのですが、そんな時間をどうやってつくっていたのでしょう。しかもあの頃は、移動に大変長い時間がかかっていたのです。母は、週にいちど実家の母親のもとを訪れ、毎週日曜にミサへ出かける折には、大きな黒パンひとつと牛乳を何本か、町に住む古くからの知人に届けていました。それでも、どういうわけか、急ぐということを知らない人でした。母の美点のひとつは、緊急事態でも落ち着きを失わない、という点です。落ち着きを失うのは、むしろ父の得意とするところでした。そんなとき母は、波立つ周囲を穏やかに収めました。上手に父をなだめ、何事もたいしたことではないと思わせてしまう、巧みな才能を持ち合わせていたのです。「もう取り返しがつかないぞ」、父が猛烈に腹を立てると、母はやんわりと言い聞かせたものです。「それでも、誰も死んでいないわよ」。私は些細なことについイライラしてしまうと、母のこの言葉を思い出すようにしてします。

　母はラジオを聞くのが大好きで、一日の仕事がラジオ番組でよく中断されました。いつもはアイルランド国営放送を好んで聞いていましたが、『婦人の時間』と『デイル夫人の日記』が始まると、ダイヤルをＢＢＣ（英国放送協会）に合わせます。晩には、どの番組にダイヤルを合わせるかということで、父と言い争いをすることもあり、のちには、私たち子どもと言い合いになりました。それでも昼の間、母は好きな番組を聞くことができました[6]。母は、父よりずっと古風な考え方をする人間で、フィアナ・フォイルとデ・ヴァレラを強力に支持する家庭の出身でした。それに対して、父はまったく別の政治的意見の持ち主で、デ・ヴァレラの経済政策が国の財政を台無しにしたと固く信じていました。

　それでもふたりは、政治的立場が違っていても構わないと考えていたので、よく私たちにからかわれたものです。「投票には出かけないで家にいたらどう？　別々の党に入れるんだから、票が帳消しになるだけだもの」。父は当時のカトリックの習慣に対して、少々皮肉な見方をすることもありましたが、母は疑うことなく信仰にのっとった生活を送っていました。毎晩私たちを跪かせてロザリオの祈りを捧げ、奇跡を起こす力を秘めたメダイや茶色いスカプラリオ[7]を、私たちひとりひとりにお守りとして持たせていました。私たちが出かける前と帰宅した後には、聖水を気前よく振りかけてくれましたし、祈願節に父と畑へ出て豊作を願うときには、土の上にも聖水を振りかけました。

　母は結婚して、何世代も続く家族に加わりました。移り住んだ古い農場は、八世代が暮らしてきた家で、海外へ移住した者もたくさんいます。移住した親戚が帰って来ると、本家の主婦として、いつも心から歓迎しました。そして、父の家族の伝統を自分の家族のことのように大切にしました。自分の家を親戚の人々にもわが家のように感じてもらいたい、そう思っていたのです。

訳注

1　イギリス警備隊員――アイルランド独立戦争の頃、反乱を鎮圧するため、イギリスはアイルランドに警備隊員を派遣していた。

2　養母が隣に住んでいる――著者の夫ゲイブリエルは幼い頃に両親を亡くし、その後、養父母に育てられた。著者はゲイブリエルと結婚後、養父母の隣の家に住んだ。

3　鋳掛屋――鍋や釜などの容器の破損を修理する職人。
4　ブラックプディング――豚の血液と細切りの脂身などで作る黒ずんだソーセージ。ホワイトプディングは、血液を加えずに作る淡い色のソーセージ。
5　ジャッキー・ヒーリー・レイ――一九三一年～二〇一四年。ケリー県出身で共和党の政治家。自らを「お昼に主要な食事をとる普通の人々」の代表と呼んだ。
6　フィアナ・フォイルとデ・ヴァレラ――フィアナ・フォイルはアイルランドの共和党。エイモン・デ・ヴァレラ（一八八二年～一九七五年）はその初代党首で、アイルランド共和国初代、第三代、第五代首相。第三代大統領。
7　メダイとスカプラリオ――メダイは直径数センチの金属製の平たい円盤で、キリスト、聖母マリア、聖人などが刻まれている。スカプラリオは袖なしの肩衣。信心の印として修道士などが身につける。

第三章　農場の女主人《あるじ》（ナナ）

訳注　76頁

故ジョン・モリアーティ[1]は、ケリー県出身の詩人で哲学者であり、この時代の預言者ともいえる人でした。その彼が、自宅の農場で幼い姪と一緒に牛のお産を見ていたときのことを書いています。お産を見ながらその姪は、私もお母さんのお腹から出てきたのよと告げたそうです。ジョンが、お母さんはどこから来たのか尋ねると、幼い姪は、おばあちゃん《ナナ》のお腹から、と答えました。じゃあナナはどこから、と尋ねると、そんなことも知らないのかとショックを受けた様子で、すかさず答えたといいます。「ナナはね、ずーっと前からいたのよ」。この話は、くだんの女性について多くを語っています。その子は祖母を、自分の世界をしっかりと支えてくれるかなめと考えていたのです。ジョン・モリアーティが自身の母親について書いたものによると、母親はたいへん優れた人物で、たくましい女性でした。自分の子どもや孫の中に、精神的な基盤をしっかりと植え付けたのだといいます。

ジョン・モリアーティの母親のような女性たちは、大地できつい仕事を行うことで身も心も頑丈になりましたが、同時にまた、魂の奥深くでは母なる自然とつながっていたのでした。そして、自然の猛威をも、ありがたいものと考えていたのです。大地が、女たちの主人であり、救いであり、滋養であり、そしてまた、絶え間ない試練でもありました。夏の間はすべてが順調で、大地はまるで神そのものであるかのように見えます。それが冬には、荒々しくなる大地と格闘しなくてはならず、これはまるで悪魔との闘いでした。それでも女たちは、果敢に挑みました。自分の土地の特徴やそこで生きる家畜について、女の方が男よりもよくわかっていることもあったほどです。

ジョン・モリアーティの作品を読むと、私は自分の祖母を思い出します。農家の女というのは、頑丈な鋼のように鍛えられていて、だからこそ、どうにか大地で生きていくことができたのです。イギリス、それにおそらくアイルランドの都市部では、祖母は「グラニー」と呼ばれていました。でもアイルランドの田舎では、昔から「ナナ」と呼ばれていたのです。

うちでは祖母を、ナナ・バリドゥエインと呼んでいました。父方の祖母は、私たち孫が生まれる前に亡くなっていたので、祖母はひとりしかいないのに、どうして単にナナと呼ばなかったのか、理由はわかりません。なぜか母方の祖母は、彼女の住む部落の名で呼ばれていたのでした。まるでその土地一帯が彼女のものであるかのようでした。そして祖母は、実際そうであるかのように振る舞うことがありました。私が大人になってから、兄や姉と一緒に祖母について話していると、まるで、ひとりひとりが別の女性について語っているようでした。それは、思い出話をするうちに、彼女のいろいろな面が現われ出てくるからでした。思い出は違っていても、みんなの印象が一致していた点は、祖母は、いい加減にあしらってはならない相手だった、ということでした。祖父は、優しく物静かで人付き合いのいい人だったので、ふたりはちょうど良いコンビでした。祖父は家畜を売買するために家を留守にすることが多く、そのためナナは何でも自分ですることに慣れていました。若くして未亡人となった祖母は、農場を引き継いで、優れた手腕と決然とした態度で切り盛りしたのです。

亡くなってから何年もたっているというのに、祖父の話になると、彼女は人が変わったようになり、記憶をたどっては、愛情あふれる笑顔を見せました。まったく別のタイプのふたりは、きっと仲睦まじく暮らしていたのでしょう。祖父は亡くなってしまったけれど、祖母が思い出を振り返るたびによみがえる、私はそう思いました。この世を去って久しいというのに、この祖母をまったく別人にしてしまうなんて、祖父は並大抵の男ではなかったにちがいない、そう思ったものです。

祖母が結婚してバリドゥエインに移ってきたとき、その家には義理の両親と弟が住んでいました。大きな家ではないけれど、当時の田舎の農家によくある、低い茅葺き屋根の、細長い田舎家でした。祖母は内気とは程遠い性格でしたから、一家の暮らしにまったく波風が立たなかったとは到底考えられません。けれども義理の家族は、「この嫁は自分たちにすっかりなじんで、家族の調和を保ってくれている」と思っていました。ひょっとすると、家族がうまくいった理由は、大地と格闘しながら暮らしていくことに精一杯で、言い争いをする余裕などなかったからかもしれません。背丈が六フィート（約一八二センチメートル）の大柄なナナに対して、義理の母親になった人は小柄で、それに、とても気が短い性格でした。ナナは、朝の乳搾りのため雌牛を牛舎に連れ戻そうと、義理の母親とふたりで牧場へ出たときのことを話してくれました。小柄な義母は素早く動いて雌牛を駆り立てますが、なかなか立ち上がらない牛がいると、その背をぴょんと跳び越え、動きの速い牛だけを追い集めたといいます。のろまな牛は義理の娘にまかせる、というわけでした。

　結婚生活に踏み出そうというとき、ナナはもう若い盛りを過ぎていたので、産んだ子どもは三人だけでした。これは、現在なら十分多い数ですが、あの頃としてはとても少なかったのです。私の母がいちばん上で、性格は父親に似ていたので、私はそのことを本当にありがたいと思ったものです。祖母がバリドゥエインに住むようになって数年後、義理の妹が亡くなって幼い息子が遺されました。ナナ・バリドゥエインはこの子を引き取り、自分の息子として育てました。ナナの家には、親戚中の人々が遠慮なく訪れては泊まっていき、農場を手伝いに来る遠縁の人々は、何年も滞在していきました。

　ナナが新妻の頃はまだ戦時中で[2]、その世代の女性たちは、独立を勝ち取ろうと奮闘するアイルランドの一翼を担っていました。祖母は筋金入りの民族主義者でした。若い戦士がゲリラ戦を行って逃亡し、イギリス警備隊員がその男を探すとなると、ナナの家は調べる場所のリストにあがります。戦士をかくまう家庭は「隠れ家」と呼ばれていました。大変危険でしたが、警備隊員が踏み込んできても、祖母は決してひるむことはありませんでした。隊員が近くをうろうろしているため、逃げ回っている者がいるとわかることもありましたが、隊員が不意打ちで踏み込んでくることもあったのです。ある晩祖母が夫の甥をかくまっていると、真夜中過ぎに、警備隊員のトラックが庭に入ってきました。反逆者をかくまっていることがわかると、厳重な処罰を受けることになります。家に火をつけられたり痛い目にあわされたり、もっとひどい場合もあったのです。だから祖母は、ドアを開けるのをぎりぎりまで遅らせて、なんとかして甥が身を隠すことができるように時間稼ぎをしました。そしてとうとう、ドアを打つ音が耐えられないほど激しくなって祖母がドアを開けると、あのいまいましい制服を身にまとった隊員がバタバタと踏み込んできて、家中を捜し始めました。祖母はじっと立ったまま、くだんの若者が見つかるのを見守っていました。ところが驚いたことに、そうはならなかったといいます。隊員たちが立ち去る前に、それまでも何度も捜索に来ていた部隊長が、祖母を見つめてこう言いました。「あんたを見ると、おっかあを思い出すよ」。「ほお、そうかい」祖母は冷やかに言い返したのでした。「息子がこんなならず者だ。おっかさんはたいした人間じゃないね」

警備隊が立ち去った後も、しばらくの間、誰も動こうとはしませんでした。というのも、隊員が引き返してきて不意を襲うことがあると、経験から学んでいたからです。ついに危険は去ったと判断した祖母は、台所の真ん中に立ち大声を上げました。「いったいぜんたい、どこに隠れているんだい？」。暖炉の脇に古びた木製の長椅子がありました。座席を開くと箱状のベッドになりますが、閉めてあると長椅子にしか見えません。座席の下にあるスペースには、いつもは小麦粉や砂糖の袋が保管してありました。青年は袋の間に横たわり、板の隙間から一部始終をじっと見ていたのでした。このタイプの長椅子を見たことがなかった隊員は、身を隠すスペースがあることに気づかなかったのでしょう。

農場で暮らしていると、事故が日常的に起こります。そうなるとたいてい、対処するのは一家の主婦でした。大きな災難が起こっても、ナナは決して慌てることなく、冷静に手際よく、適切な処置をとりました。医学を学んだことはなくても、生まれ持った才能で対処方法がわかっていたのです。あるとき農場で作業をしていた若い男が大けがをして、祖母が応急処置を施しました。到着した医師が言うには、祖母の素早い適切な対応が一命をとりとめたとのことでした。

夫を亡くすと、目端が利く祖母は、見事な能力を発揮して素晴らしい働き手を雇い、その男たちを大切に扱いました。ジョニーはまだ青年のころ雇われましたが、祖母が立派な農夫に育て上げました。そしてまた、祖母は自分でも、「男の仕事」とされていたことをしていました。豚の屠殺は、普通は「男の仕事」でしたが、祖母はその技術をマスターしていました。この荒々しい作業は、豚を必要以上に苦しめないように、絶対的な正確さをもって行わなくてはなりません。しなくてはならないことなのに、他にする人がいなかったので祖母がしましたが、ひるむことなくやってのけました。実際のところ、しなくてはならない大仕事で、ナナが尻込みするものなど、何もないのでした。ナナはのちに、この技をジョニーに伝授しました。ナナは、地元の獣医を自分の敷地から追い出してしまったこともあります。難産の雌牛を助けなければならないのに、その医師はうまく処置することができなかったからです。獣医の後を自ら引き継いだ祖母は、無事に母牛と子牛の命を救ったのでした。農業の世界は男性優位でしたが、ナナが自分の能力を発揮することに尻込みすることはありませんでした。

ナナは農場の家畜のすべてをよく把握していて、市場に出すときには、どの動物がいくらで売れるかちゃんとわかっていました。市場は男だけが入ることのできる場所でしたから、女が出かけて行くことはありません。それでも自宅の農場から取引のすべてを操っていたのです。あの隣人には油断をしてはならないとか、あの仲買、つまり家畜の取引業者は信用できないなどと、ジョニーに入れ知恵していたのでした。だからジョニーは、どの家畜がいくらで売れるか正確な値段が頭に入っていて、たいてい期待通りの金額を持ち帰りました。男の隣人はみな、祖母が手ごわく侮りがたい人間だとわかっていたので、女だからといっていい加減に扱うことはありませんでした。自分の雌牛が牛乳をたくさん出すことを、祖母はたいへん誇りに思っていて、クリーム加工所から支払われる額にも目を光らせていました。クリーム加工所も男性優位の場所なので入ることはできなかったのですが、ここもまた、遠くから油断なく見張っていたのでした。

　人並み外れて独立心の強い女性だったのに、驚いたことに、七十歳を迎えると、仕事はもうたくさんだと言い放ち、暖炉脇の椅子に陣取ると、その場所から家事と農場のあらゆる動きを指図することにしたのです。聖人のように優しいメアリーという女性が、台所と庭仕事を手助けするために雇われました。ときどき母は、ナナ・バリドゥエインの家に泊まってきなさいと私を送り込むことがありました。そこではメアリーが、祖母の怒りから私を守ってくれる保護者のような存在になりました。というのも、子どもは大人の言いつけに絶対的に従うものだ、ナナはそう固く信じていて、自分が細かく指示した通りに作業ができないと何度も叱りつけたからです。「いい加減に仕事をするもんじゃない。『はじめからやり直して』って仕事が言ってるじゃないか」。片付けなくてはならない仕事があると、坐って本を読んだり、窓から空の様子を眺めたりするのも許されません。私はよく、こう言い聞かされたものです。「なまけ心からは何も生まれやしない。ほこりがたまって爪が伸びるだけさ」。その結果、私は本を納屋の干し草置き場に隠しておくことになり、暇を見つけては姿を消してそこへ上がっていくことになりました。一度など『二都物語』[3]を読んでいて、ナナがフランス革命の時代の人だったらちょうど良かったのに、そう思ったことさえありました。フリルのブラウスを身に着け、香水の香りを漂わせた貴族が、ナナの家畜を奪ったり、土地をだまし取ったりしようものなら、ナナはその人の首をいとも簡単に刎ねてしまうだろうと考えたのです。けれども、夜の遅い時間に、暖炉脇に坐った祖母が、穏やかに思い出話を語ってくれることもありました。そんなときは近くに腰かけて、楽しく耳を傾けたものです。あまり注意して聞いていなかったことを、何年も後になってから後悔しました。ナナは驚くほどよく覚えていたからです。自分が子どもの頃、古くからある「バターの道」[4]を通って、カレンの自宅からコークの市場までバターを運んだことを話してくれました。当時のコークは、世界的なバターの生産地でした。厳しい時代で、食卓の上に食べ物を乗せるのに大変な苦労をしていた頃でした。

晩年になると、ついにお迎えが来たと決めつけ、自分の見立てを認めてもらうため司祭と医師を呼びつけることがありました。見立てとは違うことを告げられると、ナナはたいへん腹を立てましたが、とりあえずベッドから起き上がることにして、またしばらくの間、いつもの生活をしていました。この症状を私の父は「フィガリオ」と名づけていましたが、祖母がこの状態になると、同居している叔父が私の母に報告するためにやって来ました。そして、私たちにこう告げるのでした。「あの人は、今、ちょっとしたオリバー病でね」。それがどういう意味なのかまったくわかりませんでしたが、その言葉はうちの家族にも引き継がれ、気分が落ち込んだ状態を「ちょっとしたオリバー病」と呼ぶようになりました。

常に政治に強い興味を抱いていたナナは、日刊紙の『アイリッシュ・プレス』を欠かさず読んでいました。でも、それが売り切れていると、叔父は代わりに地元紙『コーク・エグザミナー』を買いました。すると祖母は、その新聞社のオーナーの名をもじって「クロスビーの下品な三流紙」とばかにして、やかんを掛けた暖炉の火にくべてしまうのでした。ナナと私の父は政治に対する考え方が正反対でしたが、家族の調和を保つため、ふたりとも政治の話はしないようにしていました。どのみち父は自分が弱い立場だと自覚していたのだと思います。祖母は高齢な上に義理の母ですから、そもそも勝ち目はないとわかっていたからです。

私がナナの家に泊まるときは、ナナと同じベッドで眠りました。鉄製の丈の高い黒いベッドで、四隅に円柱が立ち、そのてっぺんには真鍮の丸い飾りがついていました。ワイヤーでできたスプリング式の土台の上に馬巣織《ホースヘア・クロス》のマットレスを置いて、その上に綿の丈夫なシーツにくるまれた羽毛の敷き布団が乗せてありました。そのまた上にウールの毛布が何枚も重ねられていて、いちばん上にはパッチワークのキルトカバーがかけてありました。羽毛を詰めた枕がいくつも置いてあり、そこに頭を乗せて休みます。私がベッドに入るには、足側の円柱につかまってよじ登り、キルトカバーの上をはって進んでから毛布の下にもぐりこまなくてはなりませんでした。寝る前にナナがお決まりの脱衣の儀式を始める頃には、私はもうベッドに入っているのでした。

寝室の、縦に長い出窓の棚板の部分に、燭台に立てたろうそくが置いてあり、それがひとつきりの灯りでした。ナナは出窓から夜空をじっと見上げ、翌日の天気を予想します。そして、目の前に広がる農場の牧草地の様子を、誰に聞かせるともなく口にするのです。自分の土地をこよなく愛していて、毎晩、牧場のひとつひとつを観察するように見つめ、その様子を言葉にするのでした。中でもクルーン・フィールドは大のお気に入りで、祖母の口から出るその名は、まるで泡立てたクリームのように優しく響きました。すぐ隣の丘の斜面にはウェル・フィールドが広がっていて、質の良い牧草が取れました。その牧場の、陰になった片隅に井戸《ウェル》があり、清らかに澄んだ水がこんこんと湧き出ていたので、こう名づけられたのです。その上の左側にはアンディーズ・フィールドがありました。この牧場には、一世代前にそこで暮らしていた男性の名がつけられていました。祖母は、毎晩同じ長い言葉で、自分の土地に神のご加護がありますようにと祈りました。お祈りが済むと、大きな暖炉のすぐ脇にある柱時計に近づきます。そして何ややこしい方法で、重りのついた鎖を一本引っ張り出します。すると、ずっしりとした振り子につながるもう一本が引っ張り上げられるのです。「時計のねじ巻き」と呼んでいたこの作業をすることで時計は動き続け、毎時と三十分に調子よく鳴り響くのでした。そしていよいよ、脱衣の儀式が始まるのです。

ナナの思い出の中でいちばん記憶に残っているのは服装です。あの年代の女性は、いろいろなものを何枚も重ね着していました。寝る前の脱衣の儀式は、自分の目で見なければとても信じられない行為でした。子どもの頃、興味津々で見つめたものです。ナナははじめに、黒いボンネットを頭から外し、ベッドの足側の円柱にかぶせます。それから黒いクロッシェレースのケープを肩からはずし、ベッド脇にある高い椅子の背に丁寧に掛けます。そのあともう一度窓辺へいき、外の牧場を眺めます。その位置でベルベットのブラウスにいくつも並ぶ小さなくるみボタンを、上から順にゆっくりはずしていくのです。ボタンをはずしながら、窓辺を離れて部屋の中を行ったり来たりして、遠い昔に亡くなった先祖の人たちについて話してくれることがありました。壁に掲げた写真か、マントルピースの上に並んでいる写真の人たちでした。私は喜んで耳を傾けたものです。ボタンをはずし終わると、ブラウスを脱いで椅子の背のケープの上に掛けます。ブラウスがなくなると、層になった下着と、下半身を覆う真っ黒な長いスカートがあらわになりました。長袖の下着と半袖の下着を身につけていて、両方とも体の前で紐で結んでありました。長い真っ黒なスカートの、後ろの大きなボタンを外すと、スカートがするりと落ち、くるぶしの周りで黒いくしゃくしゃのかたまりになります。すると、ギャザーを寄せた真っ赤なペチコート姿になるのです。この美しくも派手な下着が、さえない黒いスカートの下に隠れていることが、残念でなりませんでした。そのことを一度だけ祖母に言ってみたのですが、「おだまり」と言われただけでした。ナナはスカートの輪をまたいで出て、そのスカートを椅子の座面に丁寧に渡し掛けます。ペチコートも脱いで同じように座面に置くと、今度は、腰から膝までをすっぽり覆っている、ピンク色のブルマーが現われるのです。ブルマーには、黒くて長いニットの靴下をサスペンダーで留めてありました。ナナがブルマーの裾をゆっくりまくり上げると、サスペンダーがパチンと

AN GOBHARNÓIR
RÚNAÍ NA ROINNE AIRGEADAIS
30·9·76
PUNT
FIVE POUNDS
FIVE POUNDS

はずれます。すると、背筋を真っ直ぐに支えていたクジラのひげでできたコルセットも緩みます。ブルマーのウエスト部分を外側へ折り返し、鎖かたびらのようなコルセットをしっかりと支えていた、脇のフックをはずしていきます。フックをはずし終わると、コルセットをブルマーの中から引っ張り出し、ベッドの足側に横に渡ったバーの上に掛けます。クジラのひげとサスペンダーが金属のバーに当たり、部屋中に音が響きました。ここまでくると祖母のからだ全体が、まるで刑務所から解放された囚人のようにリラックスしているように見えました。今度はイスに腰掛けて、黒いロングブーツの紐をほどくと、靴下を巻きながら下ろしていきます。留められていたサスペンダーからはずされた黒くて長い靴下は、もうすでに落ちそうになっていました。次はシュミーズを脱ぎます。これは、キャップスリーブで丈の長い下着で、シャツに使う綿フランネル生地でできていました。それから、ナナが胴着と呼んでいた小さなベストが続きます。前で結んだ紐をほどき、両肩からするりとはずすのです。そのあと祖母は、ベッドの向こうにある大きな衣装ダンスの、開いた戸の後ろに姿を消します。そこから先は、私から見えないところで脱ぐのです。再び姿を現したナナは、白く長い寝巻に全身を覆われた姿で、今ほど脱いだ下着を重ね、ベッドの足側のバーに掛けたコルセットの上に乗せました。

これでもまだ、儀式は完了していません。ナナはベッドの脇に腰かけると、ひざや足首の関節が滑らかに動くように、スローン印の塗り薬を塗り込むのです。この軟膏は、うっとりするようなハーブの香りがして、その香りを嗅いだだけで筋肉をほぐす効果があるとしたら、私もその恩恵にあずかったのでした。それから、鎖の下がった掛け時計のすぐ脇にある、幅が狭くて奥行きのある戸棚の前へ行き、小さな鍵でうやうやしく扉を開けると、青い小瓶を取り出します。中にはカスカラという、たいへん不快なにおいのする液体がたっぷり入っているのでした。木の皮で作った天然の下剤の一種です。それを、小さなグラスの一つ目の目盛りまで慎重に注ぎます。グラスの側面には、目盛りが上までついていました。ナナはカスカラを、まるでめったに手に入らないミドルトン・ウィスキーであるかのように、ゆっくりと味わって飲みました。そのあとで聖水の瓶を手に取ると、私も含めて部屋中にあるものすべてに、シャワーのように振りかけました。

すべてが終わると、ようやくナナはベッドに入ります。肉体の求めることは満たされたので、今度は精神の求めに応じます。つまり、ロザリオの長い祈りを唱え始めるのです。ここまでくると、私はもう眠気に負けそうでした。むにゃむにゃとアヴェ・マリアを唱える私の声が小さくなって止まってしまうと、ナナが私の脇腹をつつき、起こされます。とうとうナナがあきらめ、神のご加護がありますようにという祈りがベッドの上でぐるぐる渦巻く中、私は眠りに落ちていくのでした。

訳注

1　ジョン・モリアーティ――一九三八年～二〇〇七年。アイルランドの作家、哲学者。カナダやイギリスで住んだ後、晩年をケリー県で過ごす。

2　戦時中――アイルランド独立戦争を指す。

3　二都物語――チャールズ・ディケンズ（一八一二年～一八七〇年）作の長篇小説。ロンドンとパリを舞台に、フランス革命（一七八九年～九九年）前後を描いている。

4　バターの道――ケリー県の人々が、遠く離れたコーク市のバター市場まで、木製の小さな樽に入れたバターを荷馬車に乗せて運ぶのに通った道。十八世紀末から一八二〇年まで、その二か所を結ぶただひとつの経路だった。

第四章　手わざの女《ひと》（ケイトおばさん）

訳注　91頁

　ケイトおばさんがわが家にやって来て滞在すると、客間に陣取って、そこをアラジンのほら穴[1]に変身させます。そして客間の真ん中にある大きなテーブルは、山のような材料の下に隠れてしまい、その材料は、あらゆるものへとクリエイティブな変化をとげることになります。ケイトおばさんは、縫い物、編み物、刺繍、クロッシェレースができ、ボビンレースも、キルティングもパッチワークもすべて得意でした。いくつか手芸ができる近所の女性はたくさんいましたが、おばは全部マスターしていたのです。祖母がよくこう言ったものです。

「ケイトは手先が素晴らしく器用だし、おつむもいい」

　ケイトおばさんがわが家に到着した翌朝、「黒い屋根裏」に置かれているおばのトランクが下ろされます。うちは古びた田舎家です。屋根裏部屋を、見た目のとおりに「黒い屋根裏」と呼んでいたのです。というのも、まさにその名の通りだったからです。ひとつだけの小さな窓が、ほこりっぽい室内をほんのり照らしているだけでした。不要になったベビーベッド、役目を終えた牛乳の大型缶、作りかけの養蜂用の蜂の巣、母が時間に余裕ができたら読もうと思っている古新聞、それに、いつか役に立つかもしれない品々。屋根裏にはそんなものが置いてありました。

わが家の屋根裏の、傾斜した屋根の下にひっそりとたたずむケイトおばさんのトランクは、おばがやって来て、休眠状態から引っ張り出してくれるのを待っていました。おばは、たいてい真夏と真冬の年に二回、わが家にやって来ました。夏に滞在している間、客間のドアと窓を大きく開け放っているので、庭の良い香りが部屋の中に入ってきました。椅子を庭へ持ち出して、みんながアンディ・コニーの木と呼んでいる木の下で縫い物をすることもありました。アンディ・コニーとは、父のおじです。この人がうちに泊まりに来ると、いつもこう言い張るのでした。「あの木がそよ風に揺られて、一晩中歌っていたよ。アンディ・コニー……アンディ・コニー……ってな」

おばがアンディ・コニーの木の下で仕事をしている最中に私たちが学校から戻ると、おばは子ども用の編み針を使って、作り目の方法を教えてくれました。それから、手前から編み針を入れたり、ぐるっと回して向こうから入れたりするやり方を、私たちがすっかりのみこむまで、辛抱強く教えてくれるのでした。誰かが編み針を失くすと、ガチョウの翼から抜いた羽軸を使って針を作る技も手ほどきしてくれました。学校の編み物の時間は憂鬱《ゆううつ》でしたが、ケイトおばさんのおかげで、私は、編み物をする喜びがわかるようになったのです。

SINGER

おばさんは冬にやって来ると、家の中に冷気やすきま風が入らないように、客間の窓とドアを閉めきっていました。客間の暖炉に火が入ると、燃え盛る薪と泥炭のにおい、それに、火の上にずらりと並べて干した、手芸材料のにおいが部屋中にあふれました。

ところで、黒い屋根裏部屋からおばさんのトランクを下ろして客間に運ぶのは、たやすい仕事ではありませんでした。屋根裏のすぐ下は客間の脇の小部屋ですが、その間をつないでいるのは急な階段で、踏み板が何か所か抜けていたのです。いつか修理する、父はそう言い続けていましたが、それまでは、小部屋の床に無事に着地するには、アクロバットのように身軽に動く必要がありました。ずっしりと重いトランクを持って危険な段々の上を移動するのは、スキー場の急斜面を滑り下りる技をマスターするよりずっと難しかったのです。トランクを運ぶメンバーに父がいると、トランクが燃え出さないのが不思議なほどでした。というのも、下ろして運ぶ間ずっと、罵り言葉を烈火のごとく浴びせたので、今にも火がつきそうだったからです。トランクは木製で、真鍮の縁取りがしてありました。木製だからといって、楽に下ろすことができるとは限りません。それ自体がかなり重かったのです。その上、年がら年中いろいろな物が、中に投げ込まれていました。ところどころ透けて向こうが見えるようになったシーツ、すり切れた毛布、着古したウールの衣類。短かすぎるか小さすぎて体が入らなくなったワンピース、もう着ることができなくなったあらゆる洋服。母が、着古した衣類の始末に困ると、ケイトおばさんのトランクが問題を解決してくれました。奥深いほら穴のように、なんでも飲み込んでくれたのです。だから、かついで運ぶのはまず無理で、何度も止まっては下ろし、また持ち上げなくてはなりません。それでも、ぶつけたり落としそうになったりしながら、どうにか目的地まで持っていくのでした。

ケイトおばさんがわが家に滞在しているということが近所に広まると、女性たちが大勢やって来ました。みんな、ややこしすぎるとあきらめて、階段裏の戸棚に放り投げておいた編みかけの物を取り出してきて、このときとばかりにやって来るのです。おばは、編みかけの靴下に経験豊かな視線を走らせ、編み針をささっと動かします。すると毛糸がどんどん動いて、複雑なかかとのカーブがうまく曲がり、面倒なつま先の穴もうまい具合に閉じられるのでした。そして、編み手がもう一度編み物を再開できるよう優しく導いてやりました。おばは、ありとあらゆる編み方で、なんでも編んでしまいます。平編みや裏編み、フェアアイル編みやケーブル編みが、針の先から次々に生まれ出てくる様子は、とめどなく流れる滝のようでした。ケイトおばさんは、様々な色の毛糸が指の間を流れるように移動していく、いちばんややこしいフェアアイル編みをしながら、まるで何もしていないように非常に面白い話をしていたり、足元がおぼつかない幼児を見守ったりしているのでした。おばの持っている古いニットパターンを、近所の女性たちはいろいろと吟味していました。自宅からパターンを持ってくる女性もいて、それに沿って編むときの注意点やメリット、何に応用できるかなどを、みんなで話し合っていました。ニットパターンを持ち寄るこの意見交換会が、そのままお茶会になることもよくありました。

あの当時の夫や子どもたちのほとんどは、手編みの靴下やセーターを身につけていました。毛糸が売られていたのは、町にあるデニーベンの生地屋です。長い束の形で売られているので、使い易くするために玉の形に巻きなおさなくてはなりません。毛糸巻きと呼ばれていたこの作業は、ふたりがかりで行いました。ひとりは、「神よ、お救いください」と言うように両腕を大きく広げ、毛糸の束を両手首に渡し掛け、横に引っ張るようにして持ちます。こうして、もうひとりが毛糸を丸め易いようにするのです。束を広げて持つ役の筋力が弱いと、その人は筋肉痛になることもありました。手があいている男性が、毛糸の束を持つ役をさせられて、抗議の声を上げることもありました。その役を引き受けてくれる人がいなければ、椅子の背で間に合わせることになり、二脚の背に毛糸の束を掛けて行いました。台所に置いてあった、座面が縄編みの椅子が、背柱がまっすぐでこの作業にちょうど良い形でした。たいていどの家庭にも編み物上手がひとりいましたが、編み方の好みは、平編み、フェアアイル編み、ケーブル編みと様々にわかれていました。女性たちは余った毛糸を交換し、繕い物に使いました。これは、やってもやっても終わらない作業でした。というのも、残念なことに、つま先やかかとやひじが、常に人前に顔を出していたからです。

あの頃は家庭で洋服を作ることが多く、特に子ども服はほとんど手作りでした。洋服の材料は、日曜のミサの後、デニーベンの店で慎重に選びました。いろいろな衣類に継ぎ当てを

するためのハギレも、その店で買います。そうやって衣類をできるだけ長く使ったのです。捨てる物など何ひとつなく、着なくなった洋服はケイトおばさんのトランクで一時的に保管された後、生まれ変わって別の人生を送るのでした。おばは、小さくなったワンピース二着を縫い合わせ、素敵なワンピースを一着作ってしまいます。おばが作るものを、私たちが気に入らないことなどありません。だって、格好よくて見栄えのするものばかりでしたから。あの頃は、子どもの足が伸びてコートやワンピースが短くなってしまうと、解決方法は、すそに布を継ぎ足すことでした。するとたいていは、その通りに見えます。つまり、継ぎ足したことがはっきりわかるのです。けれどもケイトおばさんは、洋服の中の目立つ色と同色の布を使って、意図的に色を組み合わせたように見せる技を持っていました。それに比べて、祖母がおばと同じ技を披露することはありませんでした。というのも、祖母にとって大切なのは、長持ちして実用的であること、ただそれだけだったからです。子ども服を作るときのモットーは、「たっぷりと余裕を持たせて大きく作ること。子どもは成長するもの」でしたから、体にフィットする美しい服になるはずがありません。一方、おばにはファッションセンスもありました。祖母はおばを高く評価していて、「あり合わせで済ませる技」と呼んでいることを、おばは完全にマスターしていると認めていました。祖母はまた、シャツの手入れができない女性は、一家の主婦としては失格だと考えていました。それがケイトおばさんは、手入れがうまいだけでなく、すり切れた襟元を裏返して、シャツの寿命を延ばすこともできるのでした。まだきれいな後ろ身頃を前に持ってきて、くたくたの前身頃の代わりにしてしまうこともありました。

　おばは、真ん中が擦れて透けるようになったシーツを半分に切り離し、外側を中央にして縫い合わせ、長持ちさせていました。これは「シーツを折り返す」と呼ばれる作業です。折り返したシーツは、あと二、三年は使えるようになりますが、夜、その上に下半身を横たえるときは、中央の縫い目に気をつけなくてはなりませんでした。一年を通して母は、粉ひき場から運ばれてくる小麦粉の大きな袋を集めていました。上質な綿でできているこの袋を、よく洗ってぐつぐつ煮たててから、いろいろな使い方をしました。エプロンやティータオル[2]にしたり、枕カバーとして使ったり、何枚か縫い合わせてシーツにしたりしたものです。ちょっとざらざらした肌触りのシーツになるので、皮膚を刺激するマッサージ効果もありました。小麦粉の袋は、毛布の頭側がすり切れないように縫い付けるへりとしても使いました。

　ケイトおばさんは、コートやジャケットを裏返して、まったく新しいものに変身させてしまいます。くたびれたワンピースに真新しいかわいいレースやクロッシェレースの襟をつけ、よみがえらせることもありました。おばは、クロッシェレースは楽々編んでしまいますが、ボビンレースを編むときは、もう少々集中しているようでした。そして、同じ調子を丁寧に繰り返して繊細なレースを編んでいきました。近所の女性の多くは、編み物と縫い物は上手にできましたが、クロッシェレースとボビンレースの技術は、ケイトに習って身につけたいと思っていたのでした。おばが女性たちを手助けして完成させた、繊細なテーブルセンターや細長いテーブル掛けは、倹約が当たり前だった彼女たちの家庭に、上品な雰囲気をもたらすのでした。ボビンレースやクロッシェレースを枕カバーに縫い付ければ、寝具を豪華なものに見せることができたので、特別なお客様が泊まりに来たときも安心でした。

なんといってもいちばんやりがいがあるのはキルト縫いで、これは数人で行う共同作業でした。大型のキルトを縫うための古い木のフレームを黒い屋根裏から下ろし、いったん作業を始めたら、終わるまでそのままにしておかなくてはなりません。片づけてしまうと、すべてをまた同じ位置に戻すのは至難の業だったからです。フレームの上にまず乗せるのは、使い古した毛布か、でなければ、かなり重いあや織りの敷布で、これがキルトの裏張りになる部分でした。必要ならば、裏張りを後から別の布地で覆うこともありました。丈夫な針に丈夫な糸を通して、裏張りに羊毛を縫いつけていきます。これには十番の糸がうってつけでした。あの頃は糸は配給されるもので、そう簡単に手に入れることはできませんでした。だから、十番の糸は大事に使われていたのでした。縫い付けはゆっくりと正確に行わなくてはなりません。羊毛の塊がしっかりと固定されたかどうか確認しながら進めていきました。それが終わると、羊毛の上に別の布地をかぶせます。次はいよいよパッチワークを始めます。着古したワンピースやシャツを小さく切り、色合いを注意深く調整してから互いに縫い合わせていきます。いよいよトランクの中身が本領を発揮するのです。この作業は、色とりどりの

ジグソーパズルをはめ込んでいくのに似ていました。カラーコーディネートの才能があるケイトおばさんは、みんなの作業を物静かに指揮しました。切れ端の縫い合わせが終わると、それを、羊毛を中に入れたキルトに縫い付けていきます。女性たちは布を切ったり縫い合わせたりしながら、着古した洋服の思い出を語り合っていました。この集まりは、まるで、ときどきティータイムをはさんで休憩する、懇談会のようになっていくのでした。作業は何週間も続きます。そしてできあがったキルトは、この先ずっと家族を暖かく包んでくれるだけでなく、一族の先祖について語る存在ともなるのでした。

このタイプのキルトはとても暖かく、それほど重くありません。おばと女性たちは、ずっと重くてもっと暖かいキルトも作り出しました。これには、羊毛よりしっかりとした素材を裏打ちします。パッチワークにも、厚い布地を裁断して使うのです。完成すると、じつにずっしりとしたキルトになります。寒い冬の夜、単板ガラスの窓から寒さが侵入し、暖房のない家の中にしみわたってくると、ずっしりとしたこのキルトが、厳しい寒さとの間のバリアとなって、眠っている住人を守ってくれるのでした。ただ、キルトに包まれて眠る人は、そう簡単には寝返りを打つことができなかったのですが。ずっしりとしたキルトの洗濯は真夏にしなくてはなりません。というのも、原っぱに広げるか、生垣に掛けて乾かさなくてはならなかったからです。キルトの重さに耐えられる物干しロープなどなかったのです。

ベッド用のティック（軽いマットレス）作りも、ケイトおばさんが得意とするところでした。

母がデニーベンの店で、そのための丈夫な布をヤード（一ヤードは九一・四センチ）単位で買ってきます。店には、床から天井まで届く棚に、大きな布のロールがたくさん積み重ねてありました。ティック用に使うのは、ネイビーストライプのたいへん丈夫な生地で、それをシンガー社のミシンで縫いました。ティックとは、今でいう掛布団のようなものですが、その下に入って眠るのではなく、上に乗って眠るという点が違います。たいていの家庭にはシンガーミシンがありました。母のミシンは祖母から受け継いだもので、ミシンを持っていない隣人たちがときどき牧場を横切ってわが家にやって来て、母のミシンを使っていました。テックを、一方を閉じずに開けた巨大な袋の形に縫ったら、裏返して石炭酸石鹸をこすりつけます。これでワックスをかけたようになります。同じやり方で縫う枕やクッションにも、石鹸をこすりつけました。こうしておくと、後で布地の中の羽毛が出てくるのを防ぐことができるのです。その後でティックを立て、クリスマス前にむしって取っておいたガチョウやアヒルの羽毛を詰め込んでいきます。くしゃみが出るし、体中がかゆくなる作業でした。それに、羽毛の嵐が舞わないように、注意深く動かなくてはなりません。風が吹き込むと大変なことになるので、誰かが急にドアを開け、風がひゅうと流れ込むと、その人は当分のあいだ厳しい非難を浴びることになりました。羽毛をすべてきっちり中に閉じ込めてからティックを立て、上の口を丈夫な針に通した太い糸でしっかりと縫って閉じます。そうして、ベッドのスプリングの上に置いた馬巣織のマットレスの上にティックを乗せるのです。子どもは、羽毛を詰め込んだばかりのティックめがけてベッドに飛び込むのが大好きでした。現代のエアートランポリン[3]などより、ずっと楽しめたのです。

いちばん盛り上がるのは、洗礼式用の衣装一式を新調するときでした。でもそんな機会はめったにありません。妊娠した女性のいる家庭に、代々受け継がれた洗礼式用のドレスがないか、あるいはまた、賢明にもおばあちゃんが、一族で受け継いでいく美しい洗礼衣装を作ろうと決めたときだけ新調したのです。どちらにせよ、ケイトおばさんがその家庭を訪れると、昔から伝わる技術を若い世代に教えるいい機会になりました。おばは到着すると、衣装を作るのに必要な生地と糸を買ってくるように助言します。生地が手に入ると、その繊細な様子に、女性たちは歓声を上げたり、ため息をついたりするのでした。おばが布を裁断し、その他の作業は、必要とされる技術のある者が、おばの指示通りに進めていきました。刺繍やレースの縁取りなどの細かい作業はおばが行い、ドレスにショール、ボンネット、それにシューズの一式が完成します。とても美しいものができ上がり、何世代にも渡って一族に大切に使われる衣装になると思えるのでした。

私たちは、ケイトおばさんが来るのを本当に楽しみにしていました。そして、おばがわが家を去ったあと数か月の間、うちではいろいろな物のほころびがきれいに直され、穴がふさがれていました。それに、私たちは素敵な洋服を着ているのでした。ずいぶん軽くなったトランクは、屋根裏に片づけられます。おばが作った品々は、おば自身の生活も、私たち家族の暮らしも、近所の家庭の日常をも豊かにしていました。

今でも骨董市に行くと、私は真っすぐにリネンが置かれているセクションへ向かいます。美しい刺繍を施した、様々なかたちやサイズのクロスの誘惑には、勝つことができません。おばからタペストリー織りを教わった姉は、それが一生の趣味になりました。私たちが美しいものを愛でるようになったのは、ケイトおばさんがわが家の客間をアラジンのほら穴に変えたことに始まります。私たち子どもや近所の女性は、おばから刺激を受け、日常の中に美を作り出して楽しむ術を学んだのでした。

1　アラジンのほら穴――珍しくておもしろいものがぎっしり詰め込まれた場所という意味。『アラビアン・ナイト』の中の『アラジンと魔法のランプ』に出てくる。

2　ティータオル――イギリスやアイルランドの家庭で使われている大判のキッチンクロス。食器を拭いたり、テーブルクロスにしたり、お茶が冷めないようにティーポットを包んだり、様々な用途に用いられる。

3　エアートランポリン――子ども用の大型遊具。空気を入れて膨らませ、中で飛んだり跳ねたりして遊ぶ。

第五章　頼もしい存在（助っ人姐《ねえ》さん）

その人は何の資格も持たず、あるのは経験だけでした。彼女の立派な経歴は、現代なら履歴書に記載されることはありません。賢い母親の足跡をたどっていたので、親から仕事を受け継いだといえるかもしれません。母親は、長年のあいだ病人の世話をし、出産の手助けをし、亡くなった人の身づくろいをしていて、その知識や技術を娘に伝えたのでした。赤ん坊を取り上げ、死者の埋葬準備をするようになった娘は、長年に渡って人生のふたつの大いなる真実に向き合ううちに、世の中についての豊かな見識を身につけ、死後の世界についても詳しくなっていたのです。彼女は地域の中で暮らしていたので、コミュニティの人々の性格がわかっていました。それに、人々の日常生活のいろいろなことに関わっていました。当時の女性の多くは、家族のために縫い物や編み物をしました。けれども誰かが、そんなことをしている余裕はないと音を上げると、彼女が助っ人として参上し、作業を手伝うことで少々稼いでいたのです。一家の生活費を工面するためなら、隣人の家へ出かけて行って、桶にい

訳注 101頁

っぱい入れられた汚れ物を洗濯することもいとわないのでした。どこかの家庭で豚を屠殺すればソーセージ詰めに手を貸し、みんなで脱穀作業を行うときは、男たちに食べさせる食事の準備を手伝い、巡回ミサ[1]の準備で大掃除や食事作りをするときも協力します。あの頃は、お金をやり取りできないことも多く、その代わりに、新鮮な豚のステーキやベーコン、ソーセージにジャガイモ、牛乳やキャベツが近所の家々の間で行き来していました。

　そんな人が私の実家の地域にもいて、わが家のすぐ近くに住んでいました。うちの家族が何か催しをするときは、その人も必ず参加していました。物事を決めるときはいつも、その人の意見が尊重されます。うちではきょうだい全員が、生まれるとき彼女に取り上げてもらっていたので、名前を決めるときも、彼女の意見が通りました。一族の家系から消えてしまいそうな先祖の名前があると、とうに忘れられたその名を提案し、家系からこぼれ落ちないよう救ってくれました。赤ん坊に有名人の名や「目新しい」名前をつけるなんて、とうてい彼女には理解できなかったでしょう。子どもとは家族の一部であり、それを示すように名付けられるべきだと考えていたからです。その人のひとことが、私の名をスーザンからアリスに変えてしまっていました。父がもう決めていたというのに、彼女がこう言い立てたのです。「アリスっていう名前が、昔からおたくの家系にある。この子をアリスって名付けなければ、その名前が家系から永遠に消えてしまうよ」。その人が提案したからこそ、私はアリスになったのです。先祖のアリスというのは、父の大おばでした。つまり、彼女はうちの家系をずいぶん昔までさかのぼり、ずっと忘れ去られていたこの女性の名を家族の古い記録の中から救い出したというわけです。それから長い年月が過ぎ、私が自分の先祖を調べることにしたとき、彼女がいかに賢明だったかに気づきました。膨大な量の古い記録を苦労しながら調べているとき、家族に共通する名前は、世代をさかのぼる者を導いてくれる足掛かりとなるからです。今では一般人の家系をたどっていくテレビ番組があるほどです。あの当時、その人がつけてくれた目印は、連綿と代々続く血筋をさかのぼろうとする者たちを導いてくれるのです。

その人は自宅の隣に一エーカー（約四〇四七平方メートル）の土地を持っていて、家族に食べさせるため、その土地を隅々まで活用していました。そこで雌牛を二頭放牧していましたが、草が少なくなると、牛を路上に出します。道路沿いの溝の両側に生えている草を食べさせるためです。これは「ロングエーカー」と呼ばれる放牧の方法でした。豚も二頭いて、座席のないポンコツのベビー・フォード[2]をねぐらにしていました。自動車などほとんど見たことがない時代にどうやって手に入れたのか、ちょっと信じられないことでした。二頭の豚は自宅の裏庭をうろうろし、夜になるとポンコツフォードの中に入って心地よさそうに体を横たえるのでした。夜が明けて空腹に耐えられなくなると、餌をもらおうと車のウィンドーから頭を出し、キーキー鳴きます。豚のねぐらのそばには、ニワトリとアヒルでいっぱいの小さな小屋があり、その隣に石造りの馬小屋があってポニーがいました。日曜になると、ポニーは引き具で二輪馬車につながれて、その人と家族をミサに連れて行きました。ポニーに荷馬車をつないで、クリーム加工所へ牛乳を運ばせることもありました。ときには家畜市へ子豚を安全に運んでいくために、荷馬車の内側に薄板を敷いて囲いを作ることもありました。荷馬車は、湿地から泥炭を運んでくるのにも使いました。毎年、その人自身が出かけて行って、必要な分を切り出してくるのでした。

家族で食べるジャガイモも他の野菜もすべて自分で栽培していて、自分の土地にスペースがなくなると、すぐ隣にある、うちの家族の土地に入ってきて畑にしていました。その代り、うちのトウモロコシの刈り入れや干し草作りを手伝ってくれました。この人に、夫がいなかったのではありません。ちゃんと、いました。けれども、独立心が強く、いつも活力のかたまりのようなその人は、誰にも従うつもりはないのでした。何ごとも、彼女が先に立って行いました。夫は公共事業を請け負う会社に勤め、力仕事をしていました。家を空けることも多かったので、懸命に働いて家庭を守っていたのは妻だったのです。あてにできる社会保障などない時代でしたから、彼女の勤労と機転のおかげで、一家は着る物にも食べる物にも不自由しなかったのでした。ウーマンリブなど耳にしたこともなかったでしょうが、ある意味、彼女は解放された女性でした。そして、女性は男性より、何ごともはるかにうまくできる、そう考えていたのです。

その人は独立心の強い娘たちを育て上げました。娘のひとりが、うちの母を手伝いに来てくれたことがありますが、彼女が私の父をやりこめたことがありました。五人の娘を持つ父は、娘たちが面倒をみてくれるので、自分は家のことなど何ひとつする必要がない、そう思い込んでいたのです。父の考えでは、お茶が飲みたくなっても、暖炉の火に掛けてあるやかんを食卓に運んでくることさえ、誰か他の人がするはずのことでした。その人の娘がわが家に到着するとすぐ、父が、ティーポットを持ってくるように頼みました。すると彼女は冷ややかな目つきで父を見つめ、すぐさま言い放ったのです。「自分でしなさいよ」。この話に、私たちは大笑いしたものです。それから何年もたってから、その娘がわが家に遊びに来たことがありました。彼女が、初めて訪れた家で受けた、あのぶっきらぼうな歓迎を思い出し、父も彼女も心の底から笑ったのでした。

父はその人を大いに尊敬していて、ときどき彼女について楽しい話を聞かせてくれました。彼女とその夫が、うちのブレイク・フィールドでジャガイモ掘りをしていたときのことです。こういう場合、普通なら男が鋤で地面を掘りながら進み、バケツを手にした女がジャガイモを拾いながら後を追います。ところが、その夫婦は役割が逆転していました。妻が地面を掘り起こし、夫がジャガイモを拾うのです。この様子は、ふたりの関係をよく表していました。その日、彼女は夫を残してずっと先の方へ上っていました。父が彼女のもとへ行って話しかけると、ずいぶん遅れている夫の方を振り返り、辛辣な言葉を吐いたのでした。「まったく。父ちゃんときたら、ほんとに役立たずだな」。その声には、同情のかけらも感じられなかったといいます。父が斜面を下りて夫のもとへ行くと、今度は夫が、先を上っていく妻の方を見やり、わけ知り顔でこう言ったというのです。「母ちゃんを先に行かせてやるさ。でないと自分自身を役立たずだと思ってしまうからな」。ふたりはお互いの扱い方を実によく心得ていたのです。

その人は現代の医学をまったく信用せず、信じていたのは自分の手で行う治療だけでした。彼女は、赤ん坊の誕生から人の死まで、すべてを自然に行うことにこだわっていました。自分の家でいろいろな仕事をしながら、自宅出産の手助けや遺体の身支度を整えるため、いつ呼び出されてもいいように準備していました。訪問看護師などまだいない時代でしたから、赤ん坊を取り上げるのはその人だったのです。その後、看護師がうちの地区を訪問するようになってからも、彼女はお産の手助けをしていましたが、ふたりの間にちょっとした力争いが生じることがありました。生まれてくる赤ん坊の動きが予定より早く、看護師が到着する前に子どもが生まれると、その人は、新しい命がこの世に生まれ出た瞬間を分かち合うことができたと大変喜び、心をこめて母親の世話をしました。赤ん坊は母乳で育てるべきだと考えていて、母乳は赤ん坊の体にいいし粉ミルクよりずっと便利だと、新米ママに助言しました。そしてまた、寝る前に温めた黒ビールを飲むと気分が落ち着くからと勧めます。こうすれば間違いなく、母子ともにぐっすり眠ることができるというのでした。

その人は幼い子どもが大好きで、子どもは何をしても許されると考えていました。良からぬことをしたとしたら、それは親の責任でした。反抗期の幼児の扱いについてもいろいろと助言をし、いちばんいい方法はしかりつけないことで、かんしゃくが納まるまでひとりで放っておけというのです。心配顔の母親たちには、「ゆったり構えてごらん。そのうちじぶんで納まりをつけることができるようになるから」と言い聞かせます。また、感心できない振る舞いをする大人については、賢明な言葉を口にしました。「今に周りの人たちが言い聞かせるから、大丈夫だ。そういうもんだよ。周りから戒められて良くなるんだ」

あの頃は、お産は家でするもので、人が亡くなるのも自宅でした。多くの人が自分のベッドで亡くなり、そのお通夜は自宅で行っていました。誰かが亡くなると、すぐにその人が呼ばれます。彼女には長い経験から、すべきことがわかっていたのです。故人を良く知っているため、最後の旅の準備を、最高の敬意を表しながら愛情を込めて行いました。できるだけ自然に見えるように整えましたが、死に化粧などない時代です。今にも踊りださんばかりに元気に見せることは、とうてい無理でした。

昔からの隣人のマイクが亡くなったとき、その人はマイクの姉妹に呼ばれ、身づくろいをするよう頼まれました。彼女とマイクは長年の知り合いでした。支度は順調に進み、彼女は最後の仕上げに帽子をかぶせようとしていました。マイクは常に帽子をかぶっていたからです。眠るときでさえ、かぶっていたのです。帽子をかぶっていないマイクを見たことのある人は、ほとんどいませんでした。マイクが神にお目にかかるときも、当然帽子をかぶっていたいだろう、彼女はそう思ったのです。そしてまた、帽子なしでは心許なく感じるだろうとも思いました。それなのに、どこにもありません。お通夜の準備のため、きれい好きな姉妹が家じゅうの大掃除を終わらせていて、その間に帽子は消えてしまい、どこにも見当たらないのでした。その人はどんなときでも機転を利かせる人でしたから、お通夜が行われる部屋の洋服ダンスを物色すると、マイクの姉の上品な黒い帽子を見つけました。そしてフィリップ・トレイシー[3]のごとく、帽子にさっと手を加えたのです。裁縫の達人だったその人は、そのおしゃれな帽子をマイクの帽子そっくりに作り変えてしまったのでした。遺体の頭に帽子をかぶせると、誰にも違いはわかりませんでした。そして、棺が自宅から運ばれていこうとするとき、マイクの姉は自分の帽子を取りに行ったのですが、どこを探しても見つからないようで……。

　お通夜は数日間続くこともありました。当時は、現代のように防腐剤を使うことができなかったので、その人は自分に託された故人がベッドから棺に移され、無事に最後の旅路に出るまで、注意深く見守りました。

　その人も、彼女の小さな田舎家も、とうの昔になくなってしまいました。けれども、私たちみんながいずれ行くことになるその場所に彼女が到着したときには、最後の旅路のための身支度を整えてやった多くの隣人たちに、喜んで迎えられたことでしょう。

1　巡回ミサ——ミサを教区内の一般家庭で行うこと。司祭が家庭を訪問し、友人知人や近隣の家庭の人々が集まって行った。
2　ベビー・フォード——一九三二年に製造が始まった、英国フォード社の大衆車の通称。
3　フィリップ・トレイシー——一九六七年生まれのアイルランド人のファッションデザイナー。帽子のデザインで世界的に知られている。

第六章　村の癒し（看護師さん）

「看護師さん」というその人の呼び名は、まるで英国の女王かアイルランド共和国の大統領であるかのように、うやうやしく口にされました。その人がこれほどにも敬われていたのは、彼女が私たちの地域でたいそう重要な役割を担っていたからです。それまで自宅出産の世話をしていた女性に代わって仕事をするため、彼女は私たちの村の看護師に任命されたのでした。女性の医療従事者がアイルランドのこの片田舎の家々に派遣されたのは、彼女が初めてでした。ふつう看護師といえば、病院で赤の他人の世話をして賃金をもらうものですが、この看護師さんは教区で赤ん坊を取り上げ、その後もいつくしみ深く見守っていくことで、教区の人々の尊敬を集めていました。有能で、穏やかな性格がにじみ出ている人でした。その場に彼女がいるだけで、周りの人のいらいらした神経が和らいだのです。私たちが病気にかかって元気がなくなると、看護師さんと医師が助けに来てくれました。医師は診断を下して帰ってしまい、それきりになりますが、看護師さんは病人が回復するまで引き続き訪問し

訳注 113頁

てくれました。彼女は看護師としての経験が豊富でしたし、村の人々をよく知っていたので、医師よりも巧みに病人の症状を見極めることさえありました。あの当時、新たに赴任してくる若い医師は、必ず男性でした。その医師に、何かと込み入った田舎の診療のあり様について、彼女が手ほどきしました。看護師さんは、教区の住民全員についてあらゆることを知っていましたし、それぞれの家族の健康上の弱点をすべて把握していました。しかも、各々の家系をさかのぼって、誰がどんな病気にかかったか、ひと通り記憶していたのです。例えばブラウン一族は、長年のあいだ腎臓をわずらう者が何人もいたことから、泌尿器系に問題があるとわかるけれど、この尿の流れの悪さは心配するほどでもない、というのも、この家系のほとんどは九十歳代後半まで長生きしているから、といった具合でした。あるいはまた、オリアリー家の人々は馬のように頑丈な体つきだけれど、病気にかかったら重くなるから、思い切った治療を行わなくてはならない、ということも承知していました。

普通なら告解部屋[1]でしか明かされることのない、人々のいろいろな秘密が、看護師さんに打ち明けられることがよくありました。だから彼女は、自分だけが知り得た情報を利用して、隣人同士のけんかをやめさせることができました。問題を起こしてばかりの夫には、もう最後の手段として、静かに言い聞かせることもありました。「あなたがこの世に誕生したとき、取り上げたのは私よね。あのとき先を見通す力があったら、あなたを産湯の中で溺れさせていたわ。そうすれば、この世はもっと平和になったでしょうから」。頑として考えを曲げようとしない男たちでも、看護師さんが頼むと、敬意を込めた眼差しでうなずいたといいます。

看護師さんは昼も夜も働きました。あらゆる症状の手当てをしましたが、何よりも優先させたのは、お産の手助けでした。彼女は母親と赤ん坊にこよなく愛情を注ぎました。彼らは看護師さんの誇りであり、喜びだったのです。今では、赤ん坊は病院という無菌状態の場所で、産科の医師によってこの世に迎えられますが、そうなる前は自宅出産が当たり前で、教区内の家庭を看護師さんが巡回していたのです。交通手段は自転車で、「手品の種袋」を携えていました。医療用具を入れた袋のことですが、ぶしつけな新米の父親たちがこう呼んだのです。

赤ん坊が生まれそうだからと、必死になった夫が夜遅く看護師さんを呼びに来ることがありました。そんな場合の交通手段は、ポニーに引かせた優雅な軽装馬車のことがありました。よく慣らされたポニーが、真鍮の金具付の豪華な革製の馬具につながれて、馬車を引いてきたのです。あるいはまた、不機嫌な馬を慌てて荷馬車につなげて来たり、ボロボロの荷車をつなげたりして迎えに来ることもありました。嫌がる馬が体を大きくゆする危険がある上に、荷車が汚れていることもありましたが、夜中に使うことができるのは、それくらいだったのです。荷車の底板が何枚か外れてしまっていることもあり、気をつけなければ、すき間から転げ落ちる危険がありました。ときには、心配でいてもたってもいられない夫の後ろについて、興奮状態の馬にまたがることもありました。自宅で待つ妻のもとへ急ぐ間、看護師さんは命がけで農夫にしがみついていたのでした。けれども彼女は、そんなことはひとつも苦にしていなかったのです。教区の人たちのことをよく知っていて、みんな大変だとよくわかっていたからでした。特に、貧しい家族に呼び出されると、自前のタオルとシーツを持って出かけます。緊急事態に対応できるよう準備していたのです。なんといっても、看護師さんにとっては母親と赤ん坊の世話が最優先事項でしたから。どの家庭もお金に困っていたので、支払いは現金でないことが多く、泥炭やジャガイモ、いろんな野菜や羽をむしったニワトリなどが袋に入れられて、たびたび家に届けられました。

妊婦の家に到着すると、看護師さんはお産が行われる部屋へまっすぐ向かいます。家じゅうでいちばん広い客間が、間に合わせの分娩室として使われているか、あるいは、いちばん大きな寝室が使われることもありました。大きな寝室は、たいていは赤ん坊の母方のおばあさんが使う部屋でした。分娩室は完全に女だけの領域で、父親になる者も含めて男性は全員追い出されます。父親はもうすでに役目を果たしたのだから、看護師さんはそう考えていました。ときには父親が、必要以上に活発になりすぎることもありました。いいえ、なにも自然な家族計画に反対しているわけではありません。でも後で、そこのところを父親に言い聞かせた方がいいでしょう。ええ、またの機会でいいのです。今ここで父親がすべきことは、黙って湯を沸かし、求められたら持ってくることですから。

何よりもいちばん大事なことは、母親の陣痛が和らぐようサポートすることでした。話しかけたりなだめたりし、もし初産なら、痛みが楽になり、力みやすい体位を教えます。なかなか生まれないときは、おばあさんがお湯と一緒にお茶も運んできました。陣痛が激しくなると、看護師さんはベッド脇に立って母親を励まし、反対側にはおばあさんが立って元気づけました。痛みが耐え難いほどひどくなると、三人の女性は、押し寄せては引いていく陣痛のうねりに乗るように調子を合わせました。苦痛にあえぐ悲鳴と祈りの言葉が入り混じる中、聖水が振りまかれ、赤ん坊をこの世に迎えようと、三人は力を合わせたのです。苦痛と喜びが溶け合ってついに最高潮に達すると、赤ん坊がするりと生まれ出てきます。出産が予定通りに進まないと医師が呼ばれ、呼吸を楽にするために酸素吸入を行います。けれどもたいていは、女性だけで最後まで行いました。すべてを心得た看護師さんが、生まれたての赤ん坊の体に何も問題がないか調べます。その他の雑用を済ませ、母親が楽になるよう周りを整えた後、ようやく父親が呼ばれ赤ん坊と対面するのでした。

台所では、赤ん坊の父方のおばあさん、おばやおじ、それに、近所の親しい人たちも待っていました。お産が行われている間、無事に生まれるよう、ロザリオの祈りが捧げられることもありました。出産とは一家全員で行う営みだったのです。

無事に生まれた後、赤ん坊の名前をどうするか、話し合いが始まることがありました。ひとり目の子どもであれば、父方の祖父母の名前が必ず候補にあがります。ふたり目になると、母方の祖父母の名前が検討されました。三人目以降は、いろいろな名前を候補として話し合います。家系にある名前をくまなく探し、見落としていて、取り上げるべき名前がないか調べるのです。あの頃は、自分が誰の名を「もらった」のかわかることが大切でした。そうやって先祖とのつながりを感じ、枝分かれした親戚との絆を強めることで、一族の結束を図ることができたのです。看護師さんは、名前の相談の場に何度も居合わせていましたが、前任者の女性とは違い、自分の意見を述べることはめったにありませんでした。ただし、看護師さんが考えを述べたときには、全員が注意深く耳を傾けるのでした。

赤ん坊が生まれると、数日後には洗礼式が行われますが、まだ家から出ることのできない新米の母親はこの式には出席しません。出産のあと一〇日から二週間は安静にしていなくてはならなかったのです。その間、母と子に何も問題がないかどうか様子を見るために、看護師さんが毎日やって来ました。そして、その家庭の上の子たちの健康にも気を配ってくれるのでした。弟が生まれた当時、私は耳の感染症にかかっていて、朝になると膿んだ耳がじくじくしていました。看護師さんが毎日わが家に来るたびに、私の耳の中に液体の薬を差して手当てをしてくれました。数日後の朝には、耳の中はすっかり乾いて良くなったので、喜んで彼女に話したものです。私はまだ二歳でしたから、看護師さんの思い出は最も古い記憶のひとつです。うすぼんやりとした記憶ですが、看護師さんが母と何やら話をし、生まれたばかりの赤ん坊の体を調べるのを、私は、窓辺に上がって体を丸めて眺めていました。あれは、朝のことでした。というのも、牛が家の下に広がる牧場に放たれていたからわかるのです。

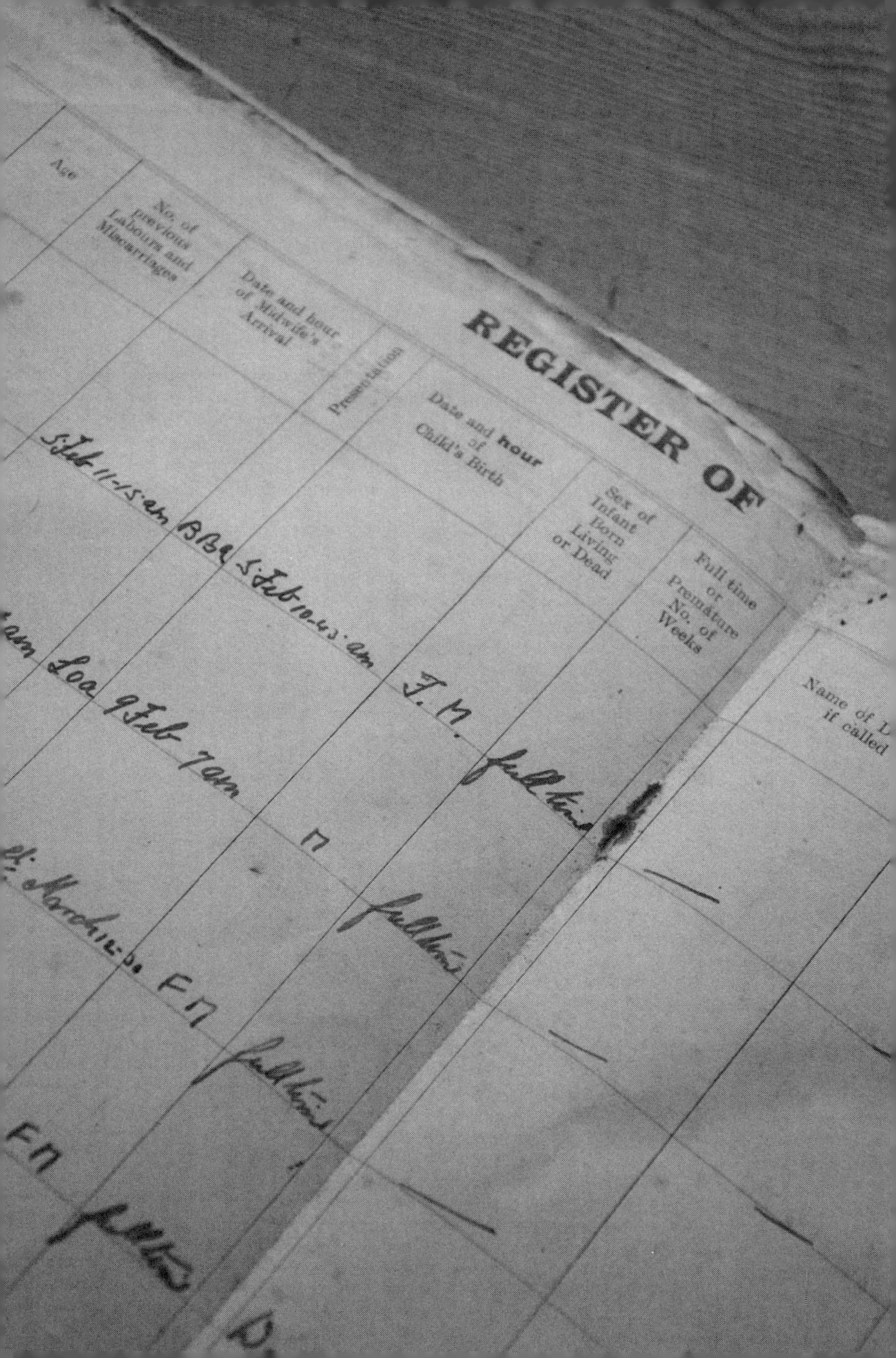

REGISTER OF

Age	No. of previous Labours and Miscarriages	Date and hour of Midwife's Arrival	Presentation	Date and hour of Child's Birth	Sex of Infant Born Living or Dead	Full time or Premature No. of Weeks		Name of D. if called
		5 Feb 11·15 am	ABR	5 February am	J.M.	full time		
		Loa 9 Feb 7am				full time		
			n			full time		
		March n·30	F n			full time		
			F n			full time		

子どもの頃の記憶とは、なかなか色あせないものです。

それから月日が過ぎ、私自身が子どもを産み始めたとき、うちの村の訪問看護師さんは定年退職してしまっていました。赤ん坊は、コーク市にあるボンスクール産科医院の、清潔で神聖な分娩室でこの世に登場するようになっていて、私もそこに一週間入院しました。そして、初めての子どもを自宅に連れ帰った後、経験豊かで子ども好きなこの看護師さんに手助けしてもらうことになったのです。彼女は、毎朝のミサからの帰り道にわが家に寄ってくれて、赤ん坊をお風呂に入れてくれました。それが本当にありがたかったのです。なりたての未熟な母は、私たち夫婦にもたらされたばかりのこの奇跡を、うかつにもおぼれさせるかでなければ窒息死させてしまうのではないかと心配していたからです。看護師さんは、落ち着いて自信にあふれた様子で玄関からさっそうと入ってくると、私にはとてつもなく恐ろしいと思える作業を楽々とやってしまうのでした。彼女が来てくれた瞬間に気分が良くなりました。だから、過ぎ去りしあの時代、陣痛が始まった母親のもとに看護師さんが到着すると、イライラした神経が和らいだのだろうと容易に想像できます。私にとって看護師さんの存在は、大好きなインドのヘッドマッサージのように、気持ちをリラックスさせてくれるものでした。

ある朝、赤ん坊をお風呂に入れ、ベッドに寝かせた私たちは、腰かけてお茶を飲みながらおしゃべりをしていました。看護師さんは自分の経験について話してくれました。昔は、妊娠したことがわかると看護師さんが呼ばれ、いろいろなことを話し合ったといいます。看護師さんは定期的に妊婦のもとを訪れ、胎児が順調に育っているか調べました。「自宅出産ってどんな感じかしら」私がそう尋ねると、昔をなつかしむような表情で微笑みながら、彼女はこう言いました。「本当に素晴らしい女性たちだったわ」。そして話すあいだ、この言葉を何度も口にしたので、母親たちに絶大な敬意を抱いていることがよくわかりました。しかも看護師さんは、その女性たちを「私のお母さんたち」と呼んでいたのです。「麻酔は使っていたの？」と私が尋ねると、「いいえ。必要なかったわ。お祈りしたもの」と静かに答えます。初めての子どもを出産したときのひどい痛みが、私の記憶に鮮明に残っていました。祈りの力で、私があの苦しみを乗り越えることができたかというと、まったく自信がありません。ただ、自宅出産していたのが、素晴らしい女性たちだったということについては、その通りだと思っています。

麻酔は使わなかったとはいえ、看護師さんは自分なりの方法で痛みを和らげてやり、彼女の「お母さんたち」を癒し、安心させていました。母親たちをなだめ、導き、元気づけ、それに、常に祈りを捧げていたのです。「お母さんたちも一緒にお祈りしたのよ」彼女は言いました。「一緒に祈ると、本当に効果があるの。それに神様がすべてよくしてくださると信じているから。この仕事をしていると、神様に近づく気がするわ。長年のあいだ、お母さんたちが私を必要とするといつも、神様は必ず私をあの人たちのもとへ遣わせてくださったから」

彼女は、一九三〇年にダブリンのクーム病院で助産師としての訓練を受け、最初に赴任したロウアー・リーソン通りの産科病院で貴重な経験を積みました。その後コーク市へ移り、サウステラス通りのセント・ケヴィン病院のスタッフになってからも、先の病院で学んだことが大変役に立ったといいます。それから、生まれ故郷のバンドンへ移り、創設した女性の名をつけた「ミス・ビーミッシュ・ホーム」と呼ばれていた施設で働きました。一九四三年、現在私が住んでいるイニシャノンに訪問看護師を置くことになり、彼女が任命されたのでした。

看護師さんが仕事を愛し続けてきたことは明らかでした。赤ん坊を取り上げるという特別な喜びは、長い年月のあいだ少しも色あせていませんでした。「近頃は、自宅出産には危険が伴うというイメージがあるけど、どう思いますか？」私が尋ねると、看護師さんは優しく微笑みました。「七百人の赤ん坊を取り上げたけれど、赤ん坊もお母さんも、誰ひとり亡くならなかったわよ」。なんと素晴らしい偉業を成し遂げた人でしょう。だからこそ、退職した今、自分が行ってきた優れた仕事を満足げに思い出すことができるのです。看護師さんは話している間、「私のお母さんたちは、素晴らしい女性だったわ」繰り返しそう言っていました。けれども、私が話しかけている相手こそ、素晴らしい女性だということが、私にはわかっていました。

村の癒し（看護師さん）

1　告解部屋——カトリック教会でゆるしの秘跡（自分の犯した罪を司祭に告白し、ゆるしを願うことで、神のゆるしが与えられるというしるし）を行う場。

第七章　良い暮らしを求めて（さすらう女《ひと》）

訳注124頁

一家が橋の近くに腰を落ち着けると、マギー・メイは必ずわが家にやって来て、子どもたちにやる食べ物や洋服をねだります。肩からまとったショールの下に赤ん坊が包まれていることもありました。馬につないだ幌馬車を道端に止め、その中で夫と六人の子どもと共に暮らしているのでした。もちろん、定収入もなければ何の保障もありません。夫のジミーは馬の仲買人でしたが、稼ぎをお酒につぎ込んでしまうことも多く、マギー・メイは物乞いをして家々を回ったり、お守りや防虫剤、紙の花飾りやら洗濯バサミをかごに入れて売り歩いたりして、家族を食べさせるために苦労していたのでした。アイルランドのあちこちに立つ市場を回り、占いをすることもありました。母親から手相の読み方を教わっていて、ときに、運勢をずばり言い当てて、人びとを驚かすのでした。

夫の父親が、白黒まだらのポニーに引かせた荷馬車に乗って、家族とともに旅回りをしていました。夜になると、義父は荷馬車の二本の長柄の間にキャンバスのテントを張って、そこで休みます。寒くて固い寝床でしたが、不平をもらしたことはありません。この父親は煙突掃除人でしたが、昔ながらの鋳掛けも請け負っていたので、この一家は「鋳掛屋」と呼ばれていました。

生活は苦しく、マギー・メイは子どもたちにもっと良い生活をさせたいと考えていました。マギー・メイがわが家にやって来るのは、昼食が終わり、わが家の男性陣が牧場へ戻ってからでした。母は彼女に昼食を食べさせました。ある日、母と一緒に腰かけておしゃべりをしているとき、マギー・メイは、どれほど必死に生きてきたかを話してくれました。それは、困難な状況で暮らす多くの女性に共通する、生きるための闘いでした。彼女はまた、これから先どう生きていきたいかということも話してくれました。私はじっと耳を傾けていました。忘れることができません。マギー・メイが話してくれたのは、こんな話でした。

……………………

「男は自分のことだけをしていればいい、でもね、女は子どもの世話をしなくちゃならない」。マギー・メイは、母親がよく口にしていたこの言葉をつぶやきながら、子どもたちを自分の背後に寄せ集め、安全なパブの中へ入れました。この馬市は、いつも酔っぱらい同士の口論で終わります。上半身をあらわにした旅回りの男たちと、利かん気の強い地元の男が何人か、町の中心街で殴り合いを始めたのです。抜け目ない旅回りの妻たちは、この騒ぎにまぎれて、男たちが脱ぎ捨てた上着をまさぐって、今はもう男たちの眼中にないお金を抜き取ります。それは昼の間、しまり屋の農夫たちから絞り取ったお金でした。なんだかんだ言い合って値段の交渉をし、相手の背中をぽんと叩いたり、両手に唾してみたり、何度も立ち去るふりをして、ようやく取引を成立させて稼いだお金でした。

マギー・メイは、幌馬車を止めてある丘の上の物陰から、午前中ずっとジミーの様子を見ていました。ジミーは、年老いたみすぼらしい独り身の農夫と交渉し、言い争っていました。そのおいぼれパディがけちけちしすぎれば、ジミーは明日の夜パディのいちばん良い牧場のゲートを開き、腹いせに自分のポニーを入れて草を食べさせてしまうでしょう。パディにもそれがわかっていたので、暗黙のうちに適当なところで手を打ったようでした。自分たちの牝馬に良い値がついたので、マギー・メイは満足の笑みを浮かべたのでした。これでこの冬は、お腹を空かせなくて済むわ。今晩ジミーが、キティ・マックのパブでパーっと使ってしまわなければの話だけれど。困ったことに、ジミーはいつもそうなのでした。ひとたびパブに入ると酒に夢中になって、お金は丘の斜面を流れる小川よりはやく、カウンターの向こうに消えてしまうのです。しかも、自分の飲み代だけに使うのではなく、ご機嫌取りの連中にごちそうしてやることもよくありました。そういう連中は、ジミーが酔っぱらうと大盤振舞いをすることを知っているのです。

今、そんな不幸から逃れるチャンスが訪れたのです。けんか相手のじいさんから、右あごにアッパーカットを見舞われたジミーは、大の字にばったりと倒れました。母親がしていたことを思い出したマギー・メイは、長女のケイトに子どもたちを託して通りへ急ぎ、ジミーが脱ぎ捨てた上着を探りました。そして、内ポケットを膨らませていた、丸めたお札のほとんどを失敬したのです。すぐさま札束をブルマーのすそに押し込むと、手招きして子どもたちを集め、郊外へ行くからついてくるようにと言いつけました。子どもたちは母の周りに群がり、ことのいきさつを聞きたがっています。ケイトが聞いてきました。「それ、どこに隠すの、母さん?」。「おまえの知ったことじゃない。ああ、知らない方がいいさ」。「父さんに、ばれないかな?」とパッキー。「なんとかする」しゃべったら承知しないよと脅すような口調で、マギー・メイが答えました。

その晩遅く、子どもたちを寝かしつけた後、マギー・メイは幌馬車のステップを下り、地面の溝に沿って歩いていきました。荷馬車の長柄の間に義父がテントを張ってねぐらにしている場所へ向かったのです。「預かってくれない?」マギー・メイが尋ねました。「ああ、いいとも」そう声がして、ごつごつした褐色の手がテントの隙間からぬっと出てきます。マギー・メイは丸めたお札を手渡しました。この人はジミーの父親でしたが、この親子は仲が悪かったのです。マギー・メイは母親に、十分気をつけるようにと言い聞かされていました。「親子の仲が悪いのは、最悪だからね」。この父親にいったい何があったのか聞かされてはいませんでしたが、ロンドンのパブで刃物を使ったけんかを起こし、服役したことは知っていました。その一件以来、人々はこの父親とやり合うことをいやがったので、父親は孤立するようになったのでした。

　ただ、親子の仲が悪いというのは、実はマギー・メイには好都合で、しかも、結婚してすぐ、義父は自分の味方だとわかりました。ジミーは父親を怖がっていました。実際、ジミーに恐れる人間がいるということは良いことでした。ジミーときたら、怒り出したら手に負えず、家族をぶちのめしたり、幌馬車の中をめちゃめちゃにしたりするのですから。父親は、そんな振る舞いを許しませんでした。雲行きが怪しいのを察知すると、何も言わずに、怒りが爆発する前にジミーを鎮めるのでした。マギー・メイと義父は理解し合っていて、これは互いにとって都合の良いことでした。マギー・メイは食事を作って父親に食べさせ、父親はお金の管理をしてくれていましたが、ジミーはまったく気づいていないのでした。

　父親は煙突掃除人でした。毎年ヤギ祭り[1]が終わると、マギー・メイの一行は谷間の村から村へと移動していきます。煙突掃除が来るのを、人々が待っているからです。父親は無口でしたが、マギー・メイのあずかり知らない理由で、この父親に対してはどの村の人々も、ジミーに対するよりずっと敬意を払っているのでした。父親は煙突掃除用のブラシを何本も持ち歩いていたので、マギー・メイが荷馬車に近づくと、狭い荷台の底に黒い紐でしっかりと束ねられたブラシが置かれているのが見えました。

　お金を安全な場所に預けると、マギー・メイはさびついた門まで歩いていきました。梯子を上って門をまたぎ、ブーツを脱ぎ捨てると川へ向かいます。露に濡れた草が、柔らかくしっとりして、足に心地よく感じられます。靴から足を解放して素足になるのは、本当に気持ちの良いことでした。足は、履き古した靴の中で締め付けられていたのです。履き心地の良い靴やブーツを履いていることはめったにありませんでした。誰かが足の形をつけてしまったお古を履いていたからです。物乞いをして家々を回るときにもらうのでしたが、もらい受けるときにはすでにぼろぼろでした。使い古しではない履物をもらうのは、人が死んだときだけでした。ジミーはこれを「死人の靴を履く」と言いましたが、マギー・メイは気にしませんでした。履き心地さえ良ければそれで十分だったのです。

歩きながらマギー・メイは、夜のいい匂いを吸い込みました。牧場のあちらこちらで牛が胃の中のものを反芻していて、まるで仲間を見るような穏やかな眼差しを向けてきます。残念だわ。この牛みたいな気立ての農夫が少なくて。暖かい晩でした。こんな暮らしもいいかな、真夏の長い夜のせいでそう思ったこともありました。たしかに、この生活に良いところはいろいろありましたが、冬は大変でしたし、特に子どもたちにとっては厳しいと思えます。けれども、幼い頃を思い起こしてみると、つらいと思ったことなどないのでした。これが自分の暮らしだと受け入れ、自由を楽しんでいたからです。ところが、年齢を重ねていくうちに、いろいろなつらさに耐えられなくなってきて、生活を変えたいと思い始めたのでした。けれども子どもの頃はこの暮らしが好きでしたし、山あいにたたずむささやかな家々へ、母について物乞いに行くと、自分たちより暮らし向きが悪い家庭もあるとわかったのです。そ

の人たちは、貧しくはあっても、母がかごに入れて売っている色とりどりの品々に興味を持つようで、聖人の小さな御絵やしょうのう、紙の花飾りを買いました。夕方帰ってくると、母のかごの底には、必ずお金がたまっているのでした。

谷間の肥えた土地に住む人々は違いました。心の広い農夫の妻ならば、食事の残りを食べさせてくれることもありましたが、目の前でバタンとドアを閉め、犬をけしかけてくる者もいました。何年もかけて、母は谷間の人々と知り合いになり、自分たちに良くしてくれる相手には敬意をもって接しました。でも、意地悪な相手には、母も意地悪で対抗したのでした。ひどい扱いを受けて農場を追い出されるときに、鶏小屋に寄って巣の中の卵をいくつか失敬することがありました。あるいはまた、よく太った若いめんどりをショールの下に隠して持ち去ることもあったのです。そんな日は、夕食にローストチキンを食べました。

家を持つ人々をいちばんうらやましく感じるのは、寒い冬の間、頭の上に屋根があることでした。凍えるような寒さの冬の夜、一枚きりの毛布をかぶって歯をガチガチ鳴らしながら、暖かいベッドをうらやましく思ったものです。けれども、暖かくて心地の良い夏になると、あちこち移動して暮らしながら、旅回りの自由な身であることを嬉しく思うのでした。こんな暮らし方は、つまり、読み書きを習っていないという意味でもあり、中年になると、このことが大きなハンデだと気づきました。学校に通うほど長い間、ひとつの場所に滞在したことがなかったのです。そして今、自分たちの子どもが学校に行っていないと言い立てても、ジミーは聞く耳を持ちません。子どもたちはもちろん、父親に賛成です。一日じゅう学校に閉じ込められるのはごめんだからです。こんな風に、マギー・メイの旗色が悪くなるのでした。それでもマギー・メイは、なんとかして子どもたちを学校に通わせようと心に決めていました。それに、義父なら賛成してくれるとわかっています。

幌馬車に戻ると、ステップの下でジミーが眠りこけていました。ぐでんぐでんに酔っぱらっていて、ステップを上がろうとして失敗し、地面に突っ伏したことが見て取れました。マギー・メイはジミーをまたぐとステップを上がり、後ろ手に戸をバタンと閉めました。一晩くらい外で寝たって平気だわ、そう考えたのです。

翌朝、同じ場所に横たわったままのジミーを揺り起こし、えり首をつかんで問い詰めました。「お金はどこ?」。「金って、何のことだ?」ぼんやりした頭を働かせようとして、ジミーが口ごもります。マギー・メイは、立ち上がったジミーの背を幌馬車の脇に押し付けながら大声を上げました。「牝馬を売ったお金だよ」。ジミーの瞳にはぼんやりした記憶の断片が揺らぎましたが、昨夜のできごとは、かすんでしまっているようでした。それでもまだマギー・メイは、自分に有利な状況にしておきたいと思っていました。稼いだお金を失くしたのに、自分が腹を立てないことをジミーが不審に思うかもしれないと考えたのです。「どこにあるのよ?」怒りにまかせてジミーの頬を平手打ちします。これは少々やりすぎでした。猛然と向かってくるジミーを、ひらりと身をひるがえしてかわします。ステップに突っ伏すように転んだジミーは、地面に横たわって悪態をつきました。
幌馬車の中にいた娘のケイトは、一部始終を見守っていました。こうやってこの子も移動生活のおきてを学ぶのだわ。私が母さんから学んだように。マギー・メイはそう思うのでした。それでも娘には、もっと良い生き方があるということをわかって欲しいと思っています。なんとかして、いつかこの子を学校に入れるわ。そうすれば、下の子たちも学校に通わせることができる。

訳注

1　ヤギ祭り――ケリー県キローグリンで、毎年八月に行われる祭り。山で捕獲した野生のヤギ一頭に冠をかぶせて檻の中に入れ、「ヤギの王」とみなして三日間見世物にする。ヤギは三日目に山へ放たれる。

訳注134頁

第八章　信仰の守り手（老姉妹）

エリーはこの仕事を姉のノニーから受け継ぎました。ノニーはその仕事を母親から引き継いだのでした。そもそも、姉妹の母親がどういういきさつで教会の守り手になったのかというと、教会のあるチャペルヒルという丘に立つ家のうち、この一家の住む家がいちばん教会に近かったからなのです。ノニーはその仕事を、ただの仕事ではなく、名誉職と考えていました。そして、教会と聖具室の掃除をするだけでなく、祭壇を飾るリネンと真鍮の道具もきれいにしていました。当時はいろいろな式典が行われていたので、これは大変な作業でした。現実的な考えの司祭が、きちんとした雇用条件でノニーを雇って、日ごとの勤務を証明する印を押し、それなりの賃金を支払った上で保険料も払うといっても、本人はがんとして受け入れません。そんなことをしたら、彼女が果たしている使命の気高さが失われ、単なる仕事になってしまうからでした。ノニーはきゃしゃで小柄な猫背の女性で、頭の中には教会墓地の詳細な地図が刻まれていました。司祭はときどき替わりましたが、教会の守り手は替わることのない仕事でした。どこに誰が埋められているのか正確に把握していて、墓穴掘りにも埋める場所を指示するほどでした。あるとき墓穴掘りが指示を取り違えてしまい、間違った場所に棺が埋められたことがありました。その翌日、ノニーは棺を慎重に掘り起こさせて、今度は正しい位置に埋葬させました。司祭には敬意を払ってうやうやしく接し、司教[1]に対しては、跪《ひざまず》いてつき従うほどでした。

けれども妹のエリーは、まったく違うタイプでした。関節炎で体が不自由になったノニーに代わるため、エリーが越してきて仕事を引き継いだのです。姉妹は、性格も体格もまったく違っていました。小柄で弱々しく控えめなノニーに対して、エリーは背が高く頑丈な体つきで、率直な物言いをし、豊かな栗色の髪には白髪が混じっていました。すでに夫は亡くなっていて子どももいなかったので、しばらくのあいだ実家に戻って、何の気兼ねもなくノニーを助けることができるというわけでした。当分の間だけのつもりが、何年も続けているうちに一生の仕事となってしまうことがあります。エリーは、教会の手入れは全力で行わなくてはならないと考えていましたが、人から指図されるのはまっぴらごめんという性格でした。たとえ、相手が司祭であっても、そうなのです。無愛想であけすけな物言いをする、その見かけの下には、頭の回転が速く、ひょうきんで楽しい性格が隠れているのでした。とても耳が遠かったのですが、長時間おしゃべりをしていても、そうとは気づかない人もいました。相手の唇の動きを見て話を理解しているのか、あるいは、話の内容を推し量っているのか、

わかりませんでした。

姉妹のささやかな自宅の、通りに面した部分は、菓子屋に改装してありました。坂道を上ると教会の先に学校があるため、店には常に子どもたちが出入りしていました。店の高いカウンターの上へ大きな茶色いペニー硬貨を何枚か握った手を伸ばし、タフィーやブラックジャック、ラブハーツやペギーズレッグ[2]を求めます。エリーはこの仕事もノニーから引き継いでいて、子どもたちとのおしゃべりを楽しんでいました。ノニーから引き継いだ仕事は、まだありました。医師が患者を診察するための診療所があり、毎日そのドアを開け、中を整えていたのです。何年かが過ぎるうちに、ノニーの関節炎はしだいに悪くなっていき、ついに車椅子生活になったため、エリーの仕事は増えていきました。エリーはすでに八十歳代になっていましたが、日常の決まった仕事を根気強く続けていたのです。

毎朝八時半のミサが始まる前に教会のドアを開け、司祭が到着するまでには支度がすっかり済んでいるようにしていました。司祭が時間に遅れようものなら、そんなことじゃあいけませんよと諭します。ミサの侍者の少年たちは、彼女がじかに指導しました。少年たちをミニチュアの兵士のように一列に並べ、勝手な動きをしようとする者がいると、行儀よくさせました。服装が乱れていないか確認し、ミサの間は専用のキャンバスのサンダルを履くよう指導します。初聖体拝領式[3]の当日は、自分の納得がいくように子どもたちをきちんと整列させました。興奮した親がカメラを構えて見苦しい行動に出ると、それをたしなめました。堅信式[4]を行うために司教が来ることになると、自分であらかじめいろいろ準備をしてしまおうとせず、彼からひとつひとつ指図を受けたいと考えました。教会で結婚式があれば、あらゆることを冷静に執り行いましたが、式のあと、飾ってある花を花嫁が持ち帰ろうとするのは気に入りませんでした。墓地もエリーが管理していたので、お墓をきちんと手入れしている信徒がいると、とても喜びました。ノニーと同じように、エリーの頭の中にも墓地の地図が入っていました。「あの人は、先祖代々のお墓の手入れをしていない家族がいると、あきれた様子で頭を振りました。「あの人は、上手に子どもを育てたつもりだったのに、見てみなさいよ。あれだけのことをしてやったのに、草ぼうぼうの中で眠っているんだからね」

エリーは、心を込めてノニーの面倒もみていました。弟が死んだことを忘れたノニーが、三人分の食事を用意することがありました。教会の戸締りをして帰宅したエリーは、カッとなって言ったものです。「この三人目は誰なんだい？」。「ジミーだよ」とノニーは自信なさげに答えます。「あの子は一〇年も前に亡くなったじゃないか。まったく。それとも墓から出てきて、あたしたちと一緒にお茶でもするっていうのかい？」。こんな風に言ってノニーを現実に引き戻し、何年ものあいだ目の前の世界につなぎとめていたのです。ノニーが、何が何だかわからない状態におちいってしまわないよう注意を払い、一緒に腰を下ろして話しかけ、現実世界に引きとめていたのでした。

私が知っているエリーは、いつも栗色の長いギャバジンのコートを着て、茶色い革製のいかついひも靴を履いていました。ミサのときは、この服装に茶色くて丸い帽子を合わせます。ベルベットのさえないリボンがついた帽子で、おしゃれというよりは実用的なものでした。エリーは堅実かつ現実的で、気取ったところなど少しもありません。あるとき、エリーとふたりで坂道を上っていて、私がこう言ったことがありました。「エリー、あなたって本当に働き者ね」。エリーが答えました。「いつかきっと、あたしがばったりと倒れて死んで、それでおしまいになるだろうね」。そして、まさにその言葉の通りになったのです。ある朝私たちが教会に行くとまだドアが閉まったままで、開けようとすると警報が鳴り始めました。考えられる理由はただひとつ、エリーがいつもの仕事をしていないということでした。まさしくその通りで、エリーは心臓発作で倒れていたのです。病院に運ばれましたが、その晩に亡くなりました。

エリーが亡くなったことで、連鎖的にいろいろなことが起こっていきました。世話をしてくれる人がいなくなってしまったノニーは、介護施設に入れられました。現実世界につなぎとめてくれていた人がもういないため、急速に、いろいろなことがわからなくなっていきました。ささやかな菓子屋は店じまいして、診療所を管理する人もいなくなりました。教会にいたっては、もう、ひとつの時代が終わったようなものでした。エリーは最後の教会の守り手だったのです。

相当な変わり者だったエリーをたいそう気に入っていたシェイマス神父が、葬儀ミサを執

り行いました。参列した私たちは、茶色いどっしりした姿のエリーが祭壇のステップをゆっくり下り、最前列にドスンと腰を下ろす姿をもう見ることがないとは、とても信じられませんでした。その席から、侍者の少年たちと、それにシェイマス神父をも、じっと見張っていたのですから。エリーの棺には、「汝務めを果たせり、忠実なしもべよ」と刻まれた飾り環が置かれていました。アイルランド聖公会[5]の信徒の隣人から贈られたもので、その場にふさわしい贈り物でした。

　葬儀の後、私はエリーの長年の友人から、姉妹の家の整理を手伝って欲しいと頼まれました。てっきり大掃除と整理整頓をすることになると思い込み、その人と私は、バケツとブラシを携えていったのでした。ところが、私たちは大変驚くことになったのです。というのも、引き出しの中やマットレスの下など、家じゅうのあちこちから、束に丸めたお札がザクザクと出てきたからです。あぜんとしてしまいました。こんなにたくさんのお金、どこから持ってきたのかしら？　私たちは腰を落ち着けて、考えをめぐらせました。エリーとノニーは、長い間ぜいたくをすることなく暮らしていました。それ以外の暮らし方を知らなかったのでしょうし、年老いて年金をもらうようになって収入が増えてきても、質素な暮らしぶりは変わらなかったのです。だからお札を束に丸めて置いておき、長い歳月の間に、すっかり忘れてしまっていたのでした。けちけちしていたのではなく、お金の使い方を知らなかったのです。

長年の間、たくさんの人々が先祖の墓参りのため教会を訪れ、姉妹は墓地を歩いてお墓へ案内していました。それが、たったひとりだけ、姉妹とも村人ともまったく血のつながりのない訪問者が来たことがありました。ノニーとエリーには兄がひとりいて、アメリカに移住していました。一九七〇年代のはじめ、兄夫婦の隣に住むアメリカ人の女子大生が、ふたりを訪ねてアイルランドにやって来たのです。若くきれいな女性でした。ノニーとエリーの家は狭かったので、その女性は私の家に滞在しました。その人は、シェイマス神父やその家政婦で、自分と同年代のジョーンと仲良くなりました。姉妹が生きている間、彼女は何度も会いに来ていました。そしてふたりが亡くなった後も、何度もふたりのお墓参りに訪れました。そのお墓は、長年のあいだ姉妹が守っていた教会の裏にありました。彼女は、姉妹のおかげで、自分のものとはまったく違う暮らしに出会うことができ、生涯感謝しているというのでした。

もうすぐ、私たちの教会墓地のデジタルマップをオンラインで見ることができるようになります。けれども、ノニーとエリーと共に墓石の下で永遠の眠りについている人たちについて、いろいろな話を語ることができるのは、あの姉妹だけでした。記録したくても、もうできないのです。

1　司教――カトリック教会の高位聖職者。司祭の上に位する。

2　タフィー、ブラックジャック、ラブハーツ、ペギーズレッグ――タフィーは砂糖やバターなどを煮詰めたキャンディー、ブラックジャックは糖蜜製の堅いキャンディー、ラブハーツは丸い錠剤の上にハート形を描いたラムネのようなお菓子、ペギーズレッグはキャラメル味の茶色い棒状のキャンディー。

3　初聖体拝領式――カトリック教会で、洗礼を受けた子どもが、自分の意志でカトリック教徒になる儀式。キリストの体を象徴する特別なパンを食べ、キリストの心と一体となる。

4　堅信式――カトリック教会で、すでに洗礼を受けている者が、教会といっそう強固に結ばれるための儀式。

5　アイルランド聖公会――英国国教会と同系の教会。ここでは、カトリック教会の信徒であるエリーの葬儀に、別の宗派の知人から贈り物が届いている、ということ。

第九章　気高く生きる（ミセスC）

訳注 147頁〜

アイルランド人というのは、感情を表に出さないたちの人々ではありません。体を流れるケルトの血が、私たちの感情をジェットコースターのように激しく上下させるのです。すぐ隣国のイギリス人はアングロサクソン系なので、私たちよりずっと感情を抑えて人生の旅路を進んでいきます。ひょっとすると、これが原因でふたつの国民の個性がぶつかり合うのかもしれません。だからイギリス人は、自分たちが「アイルランド人の問題」[1]と呼んでいる、困った状況がさっぱり理解できない、ということになるのでしょう。ふたつの国の人々が混じり合って生まれたのがアングロ・アイリッシュです。イギリス人はこの人たちをアイルランド人だと思っていますが、アイルランド人にとって彼らはイギリス人なのです。それでも、このふたつが混じり合ったことで、興味深い文化が生まれたのでした。

私がアングロ・アイリッシュの文化に深く関わることになったのは、わが家の一角にミセスC（カミングス夫人）が引っ越してきたことに始まります。彼女の呼び名が、どうして短くなったのか思い出せないのですが、みんながミセスCと呼んでいました。夫人の父親は西アイルランド選出の国会議員で、夫人は西部のビッグ・ハウス[2]のひとつで育ったのでした。彼女の元夫が、わが村の川のほとりに立つ一軒家を買ったと聞いたのは、夫人と私の人生が出会うずっと前のことです。大柄でハンサムな元夫は、あごひげをたくわえた伊達男で、その華やかに暮らす様子は、まさに俳優のクラーク・ゲイブルのようでした。川辺の住まいから村の中心部へと続く急な坂道を、この人物が車高の低いオープンカーで風を切って走ると、ロマンチックで何やら危険な雰囲気が辺りにただよいます。自由奔放な暮らしをしていた彼のもとを、ブロンドの美人がたびたび訪れていましたが、その彼が突然亡くなって数年が過ぎた頃、過去の華やかな人生のたまものというべき、ふたつの家族の存在が浮上してきたのでした。

　この人物の最初の妻の息子が、葬儀のいっさいを取り仕切りました。その間に私たちは、穏やかな話し方をする、若く優しいこの息子と親しくなったのです。見た目に少し似たところがあるものの、息子は父親とは別の惑星から来たと思うほどに違っていました。この人はきっとお母さんに似ているのだわ。まだお目にかかってはいないけれど。すぐに私はそう思いました。息子は、川辺の美しい邸宅を相続することになりました。そして私は、あの父親は若者の母親が再婚した相手だったということを知ったのでした。青年の両親は、気持ちの良い別れ方をしたのではないようでしたが、この素晴らしい若者は、両親のいいところだけ

Molly

を受け継いだのは明らかでした。彼は葬儀のあいだうちのゲストハウス[3]に滞在していましたが、取り乱していた親戚の人たちの気持ちに静けさをもたらし、集まった人々のややこしい関係をうまく取り持ったのでした。葬儀が終わると、川のほとりの邸宅を貸し出すことにして、自分はロンドンへ戻って行きました。

それから数年がたち、私のもとにスイスに住むある女性から手紙が届きました。うちのゲストハウスに部屋を予約したいとあり、あの穏やかな若者の母親だというのでした。洒落者のクラーク・ゲイブルと結婚した女性に、ついに会えるのね。そして、初めて会ったその女性は、ウォリス・シンプソン[4]を思い起こさせる人でした。鉛筆のようにほっそりして、清潔感漂う装いはパリジャンのようにエレガントです。それに、とても感じの良い夫を伴っていたのです。亡くなったクラーク・ゲイブルと一緒にいるより、この男性と暮らす方が、ずっとストレスの少ない生活でしょう。魅力にあふれたこの夫婦は、夫が国連に勤務していて、いろいろな国を転々としていたのでした。その夫がもうすぐ定年を迎えることになり、退職後は川のほとりの息子の家に住むことにしたのでした。

イニシャノンに越してきてから何年もの間、ふたりはあの素敵な邸宅に住んでいました。お客をもてなしたり、庭の手入れをしたりして、この上なく仲良く幸せに暮らしていたのでした。ところがある夏の日の朝、夫が心臓発作で急死してしまったのです。ミセスCは、美しくも寂しい邸宅にひとり残されました。きっとロンドンの家族の元へ戻るのだろう、誰もがそう思いました。ロンドンには、愛息子が愛らしい妻と住んでいて、ミセスＣは彼女とうまくいっていたのです。亡くなったばかりの夫の娘もロンドンにいて、ミセスＣはその人とも仲良くしていました。ところが、ミセスＣとは常に思いもよらない行動に出る人だったのです。私はこのことを、のちに思い知ることになります。

葬儀が済んで数週間が過ぎ、親戚の人々が、アイルランドやイギリスのあちこちにあるそれぞれの自宅へ戻って行ったあと、ミセスＣが私に会いにやって来ました。わが家の「西の棟」に住まわせてもらうことはできないか、というのです。うちは、家庭の事情でゲストハウスを営むのをやめてしまっていましたが、二階の廊下の突き当たりの小さな三部屋を改築して設備を整え、一戸分のささやかなアパートにしてあったのです。息子のひとりが、小さな居間と台所と寝室だけのその場所を、冗談めかして大げさに「西の棟」と名付けたのでした。

大邸宅に住み慣れたミセスＣがわが家に引っ越してくるとは、たとえ一時的だとしても、意外なことでした。だから、雑用を済ませるまでしばらく滞在して、すぐイギリスへ戻るものと思い込んでいたのです。それなのにミセスＣは、邸宅の美しい家具を平然と売り払って身軽な状態になると、うちの二階の小さなアパートに引っ越して来たのでした。大事にしていた家具をいくつか持ってきて、好みに合うようアパートをしつらえました。本が大好きなのですが、限られた冊数しか持ってくることができないため、手放すのを本当に惜しんでいました。それでも新しい状況になじむべく、実にみごとな決意をもって毅然とした態度で、じきに新たな住まいに落ち着いたのでした。そして数週間後、部屋に電話線を引くことができるかどうか尋ねられた私は、彼女が腰を落ち着けることにしたのだと、ようやく気づいたのです。

　本当に、大丈夫なのかしら？　こんな狭いところにずっと住み続けることができるのかしら？　ミセスCが鋼の精神力を持つ女性だということに、そのときの私は、まだ気づいていなかったのです。それから十四年間、ときにひどく騒々しいこともあるうちの家族と生活を共にしましたが、その間、彼女があらゆることを柔軟に受け止め、うまく対処している姿を見るにつれ、私は心の底から感心するようになりました。ミセスCは、ずっと連絡を取り続けていた昔からの友人を次々に招いて、ダイニングルームを兼ねた狭い台所で、あたかもホテルリッツであるかのようにもてなしました。友人とは、もう衰えて勢いがなくなった貴族などで、青春真っ盛りの若者などひとりとしていません。また、こぢんまりした住まいで彼女が夕食を終えると、ブランデーと葉巻のにおいが二階から漂ってきましたが、そんなとき私は「これがほんとの階上の人ね[5]」と思うのでした。

　ミセスCはとても楽しく、茶目っ気のある女性でした。あるとき私が、「お客様をもてなすのに、大変なご苦労ですね」と言うと、こう答えたのです。「なにも楽しんでいるわけじゃないのよ、あなた。あたくしは自分の脳を活性化するために、こうやって努力しているんじゃないの」。脳を若く保つことが彼女の最優先事項でしたから、毎日お気に入りの新聞に掲載される、難しいクロスワードパズルに挑戦します。一日じゅう分厚い辞書と首っ引きで、答えがわかるまでとことん突き詰めていました。その最中に彼女の部屋を訪ねていくと、単語の知識を試されました。そして、テレビであらゆるスポーツを観戦し、国内外の政治に目を光らせます。あの「厄介事」[6]の真っ最中に、彼女の家を含め、たくさんのビッグ・ハウスが焼かれた[7]のは本当に恐ろしいことだと言っていました。「あたくしたちアングロ・アイリッシュはね、世間で思われているよりずっとアイルランド的なの」きっぱりとそう言い切りました。「うちのご先祖は、アラン諸島[8]でもいちばん古い家系なんだから」

ミセスCは、気の進まないことは、やらずに済むのなら、がまんしてする必要はない、と考えていました。だから、彼女ならまずしないことを、なんとかこなそうとする私を見て、警告してくれることがありました。「そうやって、がまんしていろんなことをするから、がまんしなくちゃならないことがどんどん増えていくのよ」。いちどミセスCが、がまんしないという方針を実行に移したとき、居合わせたことがあります。しばらく会っていない親戚が、彼女を訪ねて来たときのことでした。その夜私がミセスCの部屋へ行き、その親戚との面会はどうだったか尋ねると、皮肉っぽい笑みを浮かべてこう答えたのです。「ええ、ちょっとした見解の違いを正したあとは、楽しく過ごしたわよ」。どうもこの親戚は、着いたとたんに大きなバッグを開いて、中から写真をどっさり取り出したようなのです。子どもやら孫やらの写真で、まだ髪の毛の生えていない赤ん坊から、正装姿で卒業式に出ている大学生までいろいろでした。とうとう、ミセスＣはもうたくさんという身振りをすると、写真をざっとかき集め、威厳にあふれた態度でこう言い放ったのでした。「いっときますけどね、あなた。他人の孫の話ほど、退屈なものはないわよ」

　ミセスＣはトランプのブリッジが大好きで、友人宅へプレイに行ったり、自分でも友人を招いてブリッジ大会を開いたりしていました。同年代の仲間と楽しむだけでなく、若者の挑戦も受けて立ちます。あるとき、うちの子どもたちにブリッジを教えると言ってきました。第一回めのレッスンをしてあげるから、ある晩八時に、二階の彼女の居間へ上がってくるようにと、三人の子どもは言い聞かされました。夕食を済ませた子どもたちは、約束の時間がきたか確認しないまま、ぞろぞろと二階へ上がって行ったのですが、すぐさま階下へ返されてしまったのです。約束の時刻ちょうどに出直してくるよう、告げられたのでした。アイルランド人は時間を守らないといって、ミセスＣはひどく嫌がりました。彼女ときたら、就寝時刻も起床時間も時計のごとく正確で、私たち階下の連中が夜更かししていると、たびたびこう言ったものです。「アイルランド人ってほんとにものぐさ。ベッドに入るのも面倒とはね」。私は今も、夜遅くソファーに寝そべっていて寝室へ行く気にならないと、この言葉を思い出します。ミセスＣのスケジュールには、朝寝坊も予定に入っていませんでした。ある年の一月の寒い朝、雪が積もったので、彼女が購読していた新聞を、私が二階に届けに行ったときのことです。「もうしばらくベッドから出ない方がいいですよ。とても寒いから」と話しかけました。すると、「あなたねえ」ミセスCはきっぱりと言い切ったのです。「あたくし、何があっても起きるわよ。あなたのような生活なら朝寝坊なんてできないし、もしできたらぜいたくってもんよね。だって次の朝も早起きしなくちゃならないんですもの。でもあたくしは早起きする必要がないの。だからこそ、起きるのよ。朝寝坊がきっかけで、堕落した生活にはまり込むことになるんですからね」

日が暮れたあと、ときどきミセスCとおしゃべりをするために二階へ上がりました。ミセスCは常に、階下の私たち家族がしていることに関心がありましたし、それだけでなく、村でどんなことが起こっているかにも、興味津々だったからです。ある晩、彼女が居間の窓から外を眺めていると、年配の男女が連れ立って、通りの向かい側にあるパブへ入っていくのが見えました。その何年か前に、ふたりは村に越してきて一緒に住み始め、人々の関心を引いていました。男性は少々足元のおぼつかない年寄りの独身男でしたし、女性も青春の盛りをとうに過ぎた年齢だったからです。「あのふたりには、興味をそそられるわね」つくづく眺めながら、ミセスCはこう続けました。「でも、あの男に性的魅力を感じて一緒にいるんじゃあないでしょうね」。ふたりの複雑な関係について、大胆にも、そういう角度から持論を述べることができる人物など、うちの村には彼女を除いてはいなかったでしょう。

年をとり体が利かなくなってきても、ミセスCは、たいていの老人のように、体の不調を言い立てることは決してありませんでした。あるとき、私がそのことをほめると、自信をもってこう答えたのです。「あたくしの母の教えなのよ。自分を憐れんじゃダメ。そんなことしたらみじめになるし、人さまに迷惑をかけるだけだから」。この考え方がいかに優れているか、私は身をもって体験しました。実はその頃、ミセスCと同じくらい円熟した年齢の、ある親戚がわが家に滞在していたのですが、その人ときたら、体の痛みやうずきが生活の中心だったのです。誰かが訪ねて来ると、まず体調について話して聞かせます。そんな風でしたから、だんだん人も訪ねて来なくなり、当時ティーンエイジャーだったうちの子どもたちも、一階の彼女の寝室へは、無理やり連れて行かない限り行かないという始末でした。それに対して、子どもたちに論戦を挑み、意見を戦わせていたミセスCは、彼らにとって常に興味が尽きない相手なのでした。オスカー・ワイルド[9]と同じように、人生でただひとつ許されない罪とは退屈な人間であること、ミセスCもそう考えていたのです。だから年老いて弱くなっていく自分の体に勇ましく抵抗し、決して降参しようとはしなかったのです。

　芸術に深い関心を抱いていたミセスCは、ロシア芸術を鑑賞するためモスクワを訪れ、それが人生最後の長距離旅行となりました。こぢんまりした彼女の居間の壁には、ジャック・イェイツ[10]の肉筆画が飾ってありました。彼女の兄がこの画家と同じ学校へ通っていたので、そのつながりから手に入れたものでした。そこに絵が飾られている間、私は直接鑑賞できるこの機会を大いに楽しみました。自分がこんな著名な画家の肉筆画を所有するなどありえないとわかっていたからです。

病院に入院しなくてはならなくなると、ミセスCはボンスクール病院を選びました。そこがコーク市で唯一、「品位のある」病院だというのです。そして、お見舞いにくる前に絹のネグリジェを買って来てちょうだいと、私に頼んできました。クリスマスの直前に退院しましたが、良くなるまでしばらくは自宅のベッドで横になっているのだろう、私はそう思い込んでいました。ところがある朝、すっかりおめかしして階段から降りてくるミセスCに出くわして驚いてしまいました。「コークへショッピングにでも行くのですか?」と尋ねると、「いいえ、コークへなんか行かないわ」と答えが返ってきました。「クリスマスプレゼントを買いに、ハロッズ[11]に行って来ますから」。なんと、このイニシャノンからです。

それから数年後、ミセスCは思いがけない病気を患い、町の大きな病院に診察を受けに行きました。病状が心配だからひと晩入院するようにと医師に告げられましたが、まったく聞き入れませんでした。「ごめんですわ。こんなロンドンの地下鉄みたいな陰気くさい病院」。医師にそう告げると、自分で救急車を手配して勝手に病院を出て、イニシャノンに戻ってきたのでした。二階に呼ばれた私は、介護してくれる看護師とアパート内のことをしてくれる人を手配して欲しいと頼まれました。こういうとき、小さな村に住んでいると、実に都合がいいものです。私は村にはどんなサポートがあるのか知っていましたし、どうやって頼めば良いかもわかっていました。こうして、キティとフィルが来てくれることになりました。キ

YARDLEY
Old English Lavender
TALC POWDER

ティがアパートの中を整え、フィルがミセスCを看護するのです。ふたりは本当によくやってくれました。アパート内を整えるのはごく簡単でしたが、ミセスCの看護は楽ではありませんでした。けれどもフィルは、看護師になるために生まれてきたような人で、ミセスCとうまくやっていました。娘のいないミセスCと、母と娘のような関係を築いたのです。フィルは、あの状況で必要だった看護師の技術を備えていましたし、ミセスCを精神的に支えながら、心を込めて看護したのです。ミセスCはフィルが有能であることを喜び、素晴らしい人に世話をしてもらっていると感じていたようでした。

ミセスCが静かに息をひきとると、うちの家族全員が大変悲しみました。「高貴な生まれ」の彼女は、うちの「西の棟」に上流階級の雰囲気をもたらし、高潔なふるまいとはどういうことかを私たちに示してくれました。それに、ミセスCは脳を若々しく保つと決めて努力を怠らなかったため、彼女の部屋を訪れるたび、楽しくおしゃべりすることができました。彼女の不屈の精神には本当に敬服します。彼女のような女性と知り合えた幸運に深く感謝しています。

訳注

1　アイルランド人の問題――北アイルランドにおける少数派カトリック系住民と多数派プロテスタント系住民との間の衝突（北アイルランド紛争）にはイギリスが深く関わっているのに、イギリス人がこれを「アイルランド人同士の争い」とみなしているということ。

2　ビッグ・ハウス――アングロ・アイリッシュの上層階級が住んでいた邸宅の総称。
3　ゲストハウス――著者は夫とふたりでゲストハウスを営んでいた。
4　ウォリス・シンプソン――ウィンザー公（イギリス国王エドワード八世の退位後の名）の夫人。アメリカ人。エドワード八世はこの女性と結婚するため退位した。
5　これがほんとの階上の人ね――ヴィクトリア朝のイギリスやアイルランドでは、貴族一家は大邸宅の上の階に住み、半地下または地階に使用人が住んでいた。著者の家族は階下に、ミセスCは二階に住んでいることをこれになぞらえている。また、ヴィクトリア朝の貴族は、客を招いて食事でもてなした後、主に男性だけで食後酒を味わい葉巻をくゆらせて話に興じた。ミセスCは女性ではあるが、食後にブランデーと葉巻を楽しんでいる。
6　厄介事――アイルランド独立戦争とそれに続く北アイルランド紛争のこと。
7　ビッグ・ハウスが焼かれた――アングロ・アイリッシュの貴族が所有する大邸宅二百七十五軒が、アイルランド共和軍（南北アイルランドの統一を目指す急進的民族主義者組織）によって焼かれたり壊されたりしたこと。
8　アラン諸島――西部のゴールウェイ湾に浮かぶ三つの島から成る諸島。手編みのアランセーターが有名。
9　オスカー・ワイルド――一八五四年～一九〇〇年。アイルランド出身の詩人、作家、劇作家。数々の独特な名言を残している。
10　ジャック・イェイツ――一八七一年～一九五七年。アイルランドの画家。ノーベル文学賞を受賞した詩人・劇作家であるウィリアム・バトラー・イェイツの弟。
11　ハロッズ――ロンドンにある高級デパート。

第十章　彼方の女《ひと》（モーリーン）

訳注　170頁〜

かつて毎週日曜の朝には、村の修道院から少女たちが出てきて、くねくねと曲がる長い道をきびきびした足取りで歩いていったものでした。そして左に曲がってメイン通りの急坂を上り、うちの教区の教会へと入っていきました。少女たちは、ミサの直前に、まるで軍人のように列をなして中央通路を静かに進み、最前列の座席に腰かけます。まだ幼い顔立ちの数十人の乙女が、長袖の黒い修道服を身につけています。裾はひざ下まで届き、その下には黒いタイツにぴかぴかの黒い靴を履いていました。修道服の襟と袖口は真っ白でした。きっちりと整えた髪は、見えないようにヘアクリップで留めてあります。まるで、気高く礼儀正しいものの象徴のようでした。少女たちの後ろには、茶色い服のシスターがふたり続いていました。パリッと糊のきいた真っ白な頭巾をつけ、白く縁取りした茶色の上着をまとっています。長いスカートの衣ずれの音をさせ、ロザリオの玉の音を響かせながら歩いてくると、少女たちの後ろの座席にするりと腰かけました。その位置から鋭い視線を走らせ、教え子たちを監視するのです。私は、この修道女たちが座席に腰かけるまでの様子を見るのが大好きでした。彼女たちが別の星からやって来た、自然を越えた存在であるかのように、興味をそそられていました。その後もミサの間ずっと、彼女たちから目を離すことができませんでした。

　修道院は、私の住む村に近いニューマーケットの町はずれにありました。曲がりくねった長い道のつきあたりに立つ、灰色の石灰岩で造られた立派な建物でした。その周りは、なだらかな起伏に富んだ土地で、そこには堂々たる木々が生えていました。威厳に満ちたこの建物には、一六二〇年以降オールドワース一族が住んでいました。この家族には、興味深いエピソードがあります。近くのドナレイル邸に住んでいたエリザベス・セントレジャーという貴族の女性にまつわる話です。この人はのちに、リチャード・オールドワース卿の妻になります。彼女はまた、世界中でただひとり、フリーメイソン[1]の女性会員になった人でした。男性だけの秘密結社フリーメイソンは、あるときドナレイル邸の一室で会合を開いていました。そのときドアを隔てたすぐ隣の部屋では、先ほどまで読書を楽しんでいたエリザベスが居眠りをしていたのです。目を覚ましたエリザベスは、隣の部屋の会話を聞いてしまいました。ことの重大さをはっと理解して部屋からこっそり出ていこうとしたところ、そこにいることを気づかれてしまったのです。こうなったらもう、フリーメイソンにはふたつの選択肢しかありません。命を奪うか、はたまた仲間として受け入れるか。エリザベスにとってありがたいことに、彼らは後者を選んだのです。

その昔たくさんのアングロ・アイリッシュの一族が、アイルランドのあちこちで美しく立派な牧場をつくり放牧を行っていて、オールドワース家もそのひとつでした。アイルランド人がその牧場を自分たちの土地だと主張しはじめると、彼らは牧場を守ることが難しくなり、一家は去ってしまったのでした。一家が出て行ったあと、一九二七年に聖ヨセフ聖心修道会のシスターたちがこの屋敷に住み始めました。この修道会は一八六六年にメアリー・ヘレン・マキロップ[2]がオーストラリアで設立したもので、マキロップはのちに聖人となります。シスターのために修道院を設立し、恵まれない子どもたちの世話をし教育するという、この夢のような試みは、男性優位のカトリック教会から激しい反対を受けました。それでもマキロップはあきらめることなくやり続け、一九〇九年に亡くなる頃には、この修道会はオーストラリアにしっかり根付いていました。この聖人が人生で大事にしていた信条はこうでした。「助けが必要な人には、必ず手を貸すこと」。ニューマーケットの修道院は、オーストラリアとニュージーランドの教会で働くことを希望するアイルランド人を採用する本拠地となっており、かの地では、シスターが音楽を教え、商業学校も経営していました。

　私は、修道女見習いの乙女たちを忘れることができません。私と年がほとんど変わらないくらいの少女もいたのです。どんな暮らしをしているのか興味を持っていました。つい最近になって、そのひとりがアイルランドに帰国して、私の実家の教区で慈善活動に取り組んでいると耳にしました。あのときの少女のひとりがどんな半生を送ったのか、いよいよ知ることができるのです。私は、シスター・モーリーンと面会し、話を聞かせてもらうことにしました。

モーリーンはリメリック県クロンカーの出身です。将来についていろいろ悩んでいた十六歳のころ、卒業試験に備えて勉強しているとき急に、将来はカトリックの布教の道へ進もうと思い立ったといいます。実家は農家で、四人姉妹で弟がひとりいました。信仰心が篤い家庭で育ちました。家族は、外国からやって来る宣教師が、恵まれない人々に神と希望と救いをもたらしてくれると考えていました。だから彼女も、信仰と理想を遠い異国の地にもたらしたいという思いを抱いたのでした。ちょうど『クォ・ヴァディス』[3]を見たばかりで、この映画に強い影響を受けたのです。『クォ・ヴァディス』は、古代ローマ時代のキリスト教徒の迫害を描いた壮大な歴史物語です。当時、ローマ人の貴族は、キリスト教徒をライオンに与え、襲われる様子を娯楽として見物していました。あの当時、この映画が人々にドラマチックな印象を与えただろうことは、容易に想像できます。テレビなどまだなかったあの時代、映画は人々に強い影響を与えたのでした。現実として受け取った人も大勢いたのです。不正を正すため、宣教師として外国へ行くのだという思いは、モーリーンの正義感や平等意識に強く訴えかけたのでしょう。モーリーンは、いろんな問題を抱えた地域に、自分が平和と教育をもたらすのだ、という夢を見るようになっていました。

夢のままで終わる可能性もありました。でも、まだ若いモーリーンの決心は固く、理想を追い求め、あちこちの修道院にせっせと手紙を書きまくったのです。驚いたことに、どの修道院も、入会するには持参金が必要だと告げてきました。五〇年代のアイルランドの田舎では、どの家庭もお金に困っていましたし、モーリーンにもとうてい無理な話でした。それに、善意によって宣教しようと出かけていくのに、どうしてお金が必要なのかわかりませんでした。

そんなとき、運命が味方してくれたのです。オーストラリアで働くアイルランド人の若い女性を募集、という求人広告を、地元紙の中に見つけたのでした。ニューマーケットの聖ヨセフ聖心修道会の住所が記されていました。持参金は必要ないことを確認すると、すぐさま手紙をしたためました。そして、面接を受けるため、両親に付き添われて聖ヨセフ聖心修道会に行くことになりました。あの頃の田舎の人々がそうであったように、モーリーンの家族は移動のための手段を持っていなかったため、地元で貸し馬車を借りなくてはなりませんでした。面接はうまくいき、三か月後に中等学校を卒業したら受け入れてもらえることになりました。談話室でお茶をいただいたあと、修道院の中を案内してもらいました。木の床はぴかぴかに磨き上げられ、階段の手すりには優雅な彫刻が施されていて目を見張りました。そのとき、持参する物が書かれたリストを渡されたのですが、両親が大変な苦労をして、良いものを揃えてくれようとしたことを、今もよく覚えているそうです。家族がシスターになるのは大変幸せなことだと考えられていたので、地元のクリーム加工所に借金をして、費用を工面してくれたのでした。リストに書かれていたガウンというものを目にしたのは、そのときが初めてでした。リストには傘もありました。両親は、腕に掛けることのできるエレガントな傘を買ってくれました。でも、揃えてもらった物の中で、モーリーンがなんといってもいちばん嬉しかったのは美しい室内履きでした。生まれて初めての室内履きです。とても気に入りました。

モーリーンはスーツケースを抱えて再び修道院に到着しました。スーツケースには、真新しい洋服一式が詰め込まれていて、ひとつひとつに名札が縫い付けられています。修道院の生活にはすぐに慣れました。午前五時半に起きて朝の祈りを上げ、それからミサを捧げ、そのあとは勉強やら定時に行う祈りがぎっしり詰まった一日を過ごします。毎日、見習いの少女たちは仲間と一緒に、修道院構内の長い道を行ったり来たりしながら、詩や歴史を暗唱しました。週末には、アイランドウッド公園までの長い距離を歩いて出かけることもありました。閉ざされた修道院からのどかな田舎へと出て、自由を味わうことのできるこの時間を、モーリーンは大いに楽しみました。みんなで修道院のホールに集まって、アイリッシュダンスを踊る夜もありました。

けれども半年が過ぎると、モーリーンはホームシックの波にのみこまれてしまいます。家族が恋しくて仕方がなくて、孤独にさいなまれるようになりました。父や母、姉や妹や弟に会いたくて、いてもたってもいられません。本当にひどいホームシックでした。修道院に閉じ込められているように感じ、とうとう脱走する計画を企てたのです。日中に出て行くことは不可能です。夜、暗闇にまぎれて出て行かなくてはなりません。そこで、夜になったら闇の中へするりと抜け出て、家までの長い道のりを歩いて帰ることに決めました。持ち物をたくさん持っていくことはできませんが、あの室内履きだけは置いて行くわけにはいきません。ところが、いよいよその晩になり、扉を開いて暗闇と向き合ったモーリーンは、なんと、おじけづいてしまったのです。真っ暗闇の中へ出て行くのが怖かったのでした。計画は中止するほかありませんでした。修道院にとどまり、ひどい孤独と闘っていくしか、もう選択肢はありません。

うら若きモーリーンは、すぐにまた、もっとひどいショックを受けることになりました。家族から電報が届き、姉のノラが白血病にかかったという恐ろしい知らせを受けたのです。姉はまだ二十歳でした。父がモーリーンを迎えにやって来ました。あれほど帰りたいと思っていた故郷への道のりが、そのときは、リメリック総合病院へ続く苦しい道となっていました。まだ開業したばかりで新しく、冷たい感じがする病院でした。ノラは、ぞっとするほど殺風景な病室になじんでしまったように見えました。残された時間は長くはありませんでした。修道院に戻ったモーリーンは、お見舞いに行くため、毎週末実家へ帰ることを許されたのでした。そして葬儀が行われ、そのあと数週のあいだ、両親に付き添うため、モーリーンは実家に滞在することが許されました。モーリーンがその数週を実家で過ごすことを許してくれたシスターたちの気遣いに、両親は深く感謝しました。そのあと、モーリーンがもし修道院に戻らないと決めたとしたら、両親の苦しみは増しただけだったでしょう。当時、修道会を脱退するのは良くないことだと考えられていたからです。

修道院に戻った後、悲しみで心が麻痺したまま、モーリーンはもとの日常に落ち着きました。そして、六か月後には、六人の修道女見習いと共に、オーストラリアへと旅立ったのです。悲しみから立ち直っていない少女が、同じように悲しみにくれる家族と離れ離れになるだけでなく、まったく知らない土地へと出かけていったのでした。どれほどの苦しみに耐えていたのか、私たちには想像するしかありません。あの当時、外国へ移住した人々は、長い間アイルランドに戻ってくることはありませんでした。だからモーリーンは、両親とは二度と会えないと思ったのでした。

七人のうら若き乙女たちは、ニューマーケットの駅から汽車に乗り、ダブリンに到着しました。そこで、一緒にオーストラリアまで行くことになっている司祭が合流し、バスでダン・レアリーの港へ向かいました。港から船に乗り、イギリスに到着すると、汽車でサウサンプトンまで進みました。その町で聖ヨセフ聖心修道会のシスター二人が合流し、みんなで豪華客船に乗り込みました。客船イベリア号は、オーストラリアに向けて初航海に出発しました。アイルランドの田舎から一度も外へ出たことのない若い女性たちにとっては、まったく新しい、戸惑うことの多い体験でした。船上では、カプチン会のコルガ・オリーオダン神父との嬉しい出会いもありました。温和で魅力にあふれた人物です。少女たちと同年代という若さですが、やりがいを求めて新たな世界へと踏み出そうとしていたのでした。船旅を共にするうちに親しくなり、少女たちの後の人生で何か大切な行事があるときには、神父は必ず来てくれるようになりました。当時はちょうどスエズ動乱[4]の最中で運河を通ることができず、喜望峰[5]を回って進んでいきました。船が南アフリカの町ケープタウンに停泊すると乙女たちは上陸し、オリーオダン神父に付き添われて一日市内観光を楽しみました。目新しくワクワクすることばかりで、ニューマーケットの修道院とはまったく違う世界でした。この冒険が、故郷を後にするという悲しみを、一時的に癒してくれました。

航海は六週間続きました。晩になると少女たちは、甲板の下の乗組員部屋を訪れました。敬虔なカトリック信徒である乗組員たちと共にロザリオの祈りを捧げたのです。また日中は、甲板でゲームをして遊びました。船酔いに悩まされる者が多い中、幸運にもモーリーンは、気分が悪くなることはありませんでした。

一九五八年一月二十一日の早朝、船はシドニーに入港しました。モーリーンの心の中には、外国へ宣教に行きたいという最初の希望がまだ深く刻まれていて、なんと、岸辺は黒人であふれていると思い込んでいたのでした。これは無理もないことです。その当時アイルランド中のお店やパブのカウンターに、アフリカへ向かう宣教師のための献金箱が置かれていました。箱のふたには天使のように愛らしい黒人の赤ちゃんが描かれていて、内側に何かからくりがあるようで、硬貨を入れると「ありがとう」といわんばかりに赤ちゃんがうなずいたのですから。献金をもらうには素晴らしい方法でした。子どもたちは赤ちゃんがうなずくのを見るのが大好きでしたから。けれどもそのせいで、宣教とはアフリカに行くものだ、と思い込むようになったのかもしれません。モーリーンも、箱のふたに描かれているような黒人の子どもたちが走り回っている姿を目にするのだと思い込んでいたのです。けれども、モーリーンが到着したところはアフリカではなく、オーストラリアでした。

オーストラリア人の白人のシスターが迎えに来ていて、一行をノースシドニー地区の修道会本部へ連れて行きました。そこへ到着すると歓迎の儀式が行われ、モーリーンたちは見習い用の修道服を受け取りました。くるぶしまでの丈の真っ黒な衣服で、肩まで届く優雅な黒いヴェイルをかぶります。そこで正式な修道名を授けられ、それ以降は、新しい名前で呼ばれるようになりました。その日は聖アグネスの記念日だったので、モーリーンはアグネスと名付けられました。リメリックの聖人であるイタの名ももらい、シスター・アグネス・イタとなったのです。

数週間後、ふたりのシスターと共にモーリーンはニューサウスウェールズ州の人里離れた小さな地域に派遣されました。その土地には、聖ヨセフ聖心修道会のシスターたちが設立した学校がありました。モーリーンは毎日、授業の手助けをしていましたが、六か月ほどたつと、へんぴな土地に隔離されている孤独感に耐えられなくなってきました。ひどいホームシックにかかってしまったのです。姉を亡くした悲しみからまだ立ち直っていない上に、家族に会えない寂しさも手伝い、苦しい思いをしました。それでも、その土地にいる間に、大きな発見がありました。自分は、教えることが大好きだとわかったのです。ここの子どもたちは、シスターがいなければ教育を受けることができないとわかった今、このままがんばっていこうという気になったのでした。

その後の二年間は修練院[6]で学びました。入る前に、志願者ひとりひとりの審査がありました。このとき見習い修道女たちは、この道に進まないという選択もできました。そして他方、修道会の方では、一生を捧げることになるこの職業に、志願者がふさわしいかどうか判断する機会になっていました。修練院に入ると、神学とカトリック教会における典礼をしばらく集中して学び、修道院の精神をより深く理解するための知識を身につけました。嬉しいことに、新人を指導する責任者がアイルランド人だったので、母国を少しだけ身近に感じることができました。そのときはまだ、家族に会いたくてつらい思いをしていたのです。そして修練院での修行はとても厳しいものでした。厳格な規則にしばられ、郵便物はすべて開封されて読まれます。それでも、若く快活な四十四人の乙女たちは、気晴らしを見つけ楽しく暮らしていました。

修練院での二年が終わる頃、もういちど審査がありました。少女たちには別の道を選ぶ機会であり、修道会にとっては、彼女たちがこの職業に向いているかどうか判断する機会でした。ここまで来て不適格だと判断されるのはひどいとも思えますが、長い目で見れば、間違った道を進んだと後になって悔やむよりは、まだ救われます。その頃のモーリーンは、自らが踏み出そうとしている一歩を疑うことはありませんでした。感覚的に、自分の居場所はここだと感じていました。適格だと判断されたモーリーンは、四〇人の女性たちと共に、三年間はここで働くという誓いを立てました。シスターとしての第一日目を思い起こすと、穏やかな気持ちで満たされるといいます。「輝かしく美しい日でした」モーリーンは微笑みます。「幸せで胸がいっぱいで、心は穏やかで。自分が正しい道を進んでいると実感できたの。家族に会えなくて寂しい思いはしましたけどね」。

モーリーンはノースシドニー師範学校に通い始めました。教える資格を取るために勉強する時間は、本当に楽しいものでした。それが終了すると、ふたりのアイルランド人シスターと一緒に、ニュージーランドの奥地に派遣されました。その頃ニュージーランドでは、巨大なダムを建設するため、多くの人が雇われていました。河川を利用して、広大な国土に電気を供給する事業です。あちこちのへんぴな土地で工事が行われていて、そこで大勢の人々が働いていたので、移民の教区がいくつもできていました。そんな僻地《へきち》のコミュニティの子どもたちを教育するため、教区の人々と共にシスターも赴任しました。ほかには教育制度がなかったからです。

片田舎にはシスターの収入源となる仕事もありません。生きていくために、教区の人々の善意に頼るしかありませんでした。「でもね、食べ物がないということは、一度もありませんでしたよ」モーリーンは続けました。「教区の人々からいただいた物は何でも料理していました。よくわからないものをもらって戸惑ったこともあったわね。かぼちゃを初めて見たとき、どうやって料理したらいいのかわからなかったわ」。教区の人々はみな、素晴らしく寛大で、シスターを温かく迎え入れてくれました。子どもたちを教育するため、シスターが犠牲を払って来てくれていることに感謝していたからです。けれどもモーリーンは、犠牲を払っているなどと考えたことはありませんでした。教えることが好きでしたし、あらゆる年齢の子どもたちに教えることが、この上ない喜びでした。自分がいなければこの子たちは教育が受けられないと思っていました。この仕事をするために自分はシスターになったのだと思えました。贅沢《ぜいたく》とは無縁のとても質素な生活も、まったく苦にならないのでした。

　モーリーンは教師になるために生まれたような人でした。教区の子どもたちに愛情を注ぎ、教師としても優れていました。シスターがいなければ、子どもたちのほとんどは教育を受ける機会を与えられなかったでしょう。修道会が運営する学校はどんどん大きくなっていき、モーリーンは昇進していきました。そして校長になったのです。

　モーリーンは、頭の回転が速いマオリ族[7]の子どもたちを大変かわいがりました。とはいえ、その頭の良さとは、かならずしも勉強ができるというものではありませんでした。マオリの子どもたちは、語りと音楽に長けていて、マオリ文化の豊かな香りをクラスにもたらしてい

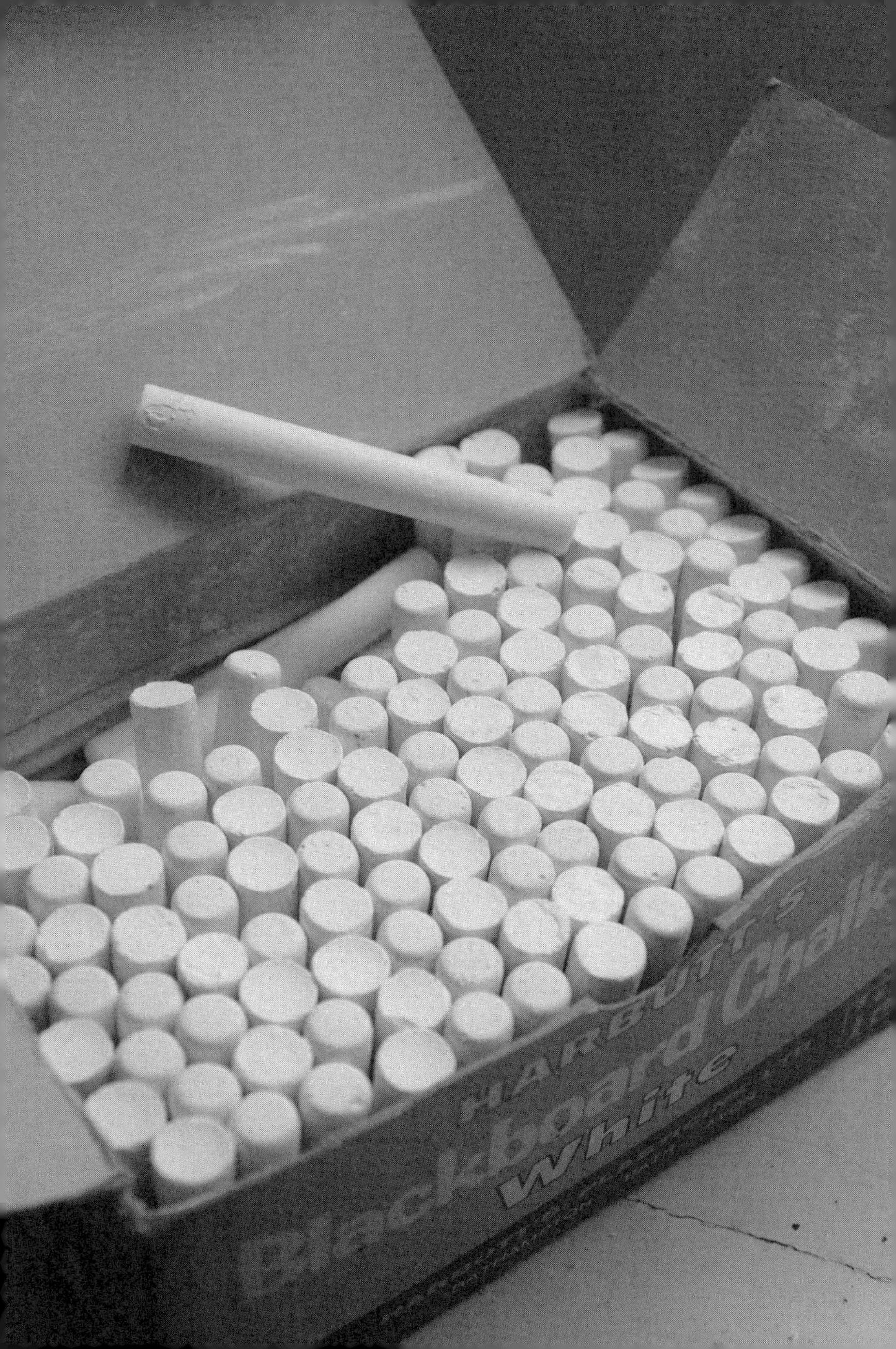
HARBUTT'S
Blackboard Chalk
White

ました。アイルランド人であるモーリーンは、彼らが家族や部族の人々を大切にすることに親近感を覚えました。マオリの人々は、先祖や親戚の人々を敬い、自分の部族にゆるぎない信頼を寄せていました。彼らが「マラエ」と呼ぶ集会場に集まり、色とりどりの衣装に身を包んで特別な儀式を行う姿は素晴らしいものでした。

そして今、数々の思い出があふれ出てくる中で、モーリーンの心に、あるひとりの青年が思い浮かびました。大柄な若者でしたが、学校というものを信用していなくて、シスターが教えていることに納得がいかないようでした。青年は決して近づいてはきませんでしたが、モーリーンはなんとかして彼と関わりたいと努力していました。あるとき青年は大きな棒を振りかざしながらやって来て、それ以上近づいたらたたきのめしてやるぞ、とモーリーンを脅しました。怖かったのですが、それでもモーリーンは、青年と距離を保ったままできる限りの知識を授けようとし続けました。それから何年もたった後、意外にも、青年から手紙が届きました。服役していたとのことで、それ自体にはたいして驚きませんでした。ところが驚いたことに、獄中で心を入れ替え、刑務所で教戒師を務めていたシスターの指導のもとに、カトリック信徒になったというのでした。そして、自分がより良い人生へ進むきっかけを与えてくれたモーリーンに感謝したいというのです。モーリーンの態度が、改心するための種を植え付けてくれ、心に呼びかけて、自分はばかではないと思わせてくれたというのでした。

モーリーンは、他の子どもたちのことも思い起こしました。とても賢く、乾いたスポンジのように知識を吸収してしまう、ある幼い少女がいました。「根っからのいたずらっ子だったわ。いつも問題を起こしてばかりいたの」思い出しながら微笑みます。「その子をちゃんとさせようと、先生方は常に躍起になっていたの。私も校庭でその子を見かけると、よく声をかけましたよ。『来年は、私のクラスに入るのよ。そしたら規則に従ってもらいますからね』。そうたしなめると、その子はいつも生意気な笑みを浮かべるの。ある日、いつものようにそう告げると、私の警告が終わらないうちに、あの子は言葉をさえぎって、にこにこしながらこう言ったわ。『ええ、それで、先生も規則に従うんでしょうね』」。先生に言い返すなど考えられない時代に、こんなことを言ってくるこの独立心の強い少女のユーモアのセンスを、モーリーンは快く思っていたといいます。モーリーンが指導するようになると、少女は勉強好きになって頭角を現し、大学へ進んで首席で卒業するほどになりました。その後、ニュージーランドの教育政策機関に就職し、重要なポストに就いたのでした。シスターの存在がなければ、このような教育の機会への扉は閉じられたままだったでしょう。

モーリーンは、かつての教え子数人と親しくしていました。あの頃のシスターには、珍しいことでした。中でもとりわけ、ある若い女性が印象に残っているといいます。「ジュリーは本当にいい子で、素晴らしい男性と結婚し、かわいらしい子どもを三人産んで、幸せに暮らしていたんですよ。でもね、オーストラリアへ引っ越してしまい、本当に寂しい思いをしました」。ふたりは手紙のやり取りをしていましたが、ある晩、ジュリーがモーリーンに電話をしてきました。地元の司祭を好きになってしまい、毎日胸が苦しいというのです。数か月のあいだ、この難題について、毎晩ふたりは電話で相談し合いました。そして、そのうちにだんだんと、ジュリーの熱が収まってきて、ついに恋心は消えました。ジュリーの家庭が壊れてしまうほどのこの一大事は、モーリーン以外には誰も知らないことでした。モーリーンの常識的な助言が、ジュリーを窮地から救い出したのです。それ以来ジュリーは、モーリーンに感謝し続けているのだといいます。

モーリーンは天職に就きましたが、他のシスターたちは、それほどの幸運に恵まれてはいませんでした。ある女性は、シスターになったというのに、この職業は合わないからと、やめたがっていました。その当時、修道会から脱会するには長く複雑な手続きが必要でした。人情のかけらもない、事務的な手続きです。誓いを取り消す手続きに非常に長い時間がかかる上に、修道院から出るときはほとんど何も与えられず、その後は自分で暮らしていかなくてはなりません。それに脱会は不名誉とされることもあり、修道院の塀の外に広がる世界に喜んで迎えられることもありませんでした。それでもモーリーンはその友人と連絡を取り続け、できる限り精神的な援助をしました。のちには、修道会の指導的立場にある人に話すようにと勧め、その結果、友人はなにがしかのお金をもらうことができたのです。

長い年月の間に、モーリーンは何度かアイルランドに帰国していました。国を出てから十一年後の初めての帰国は、大変つらいものでした。というのは、家族が引っ越してしまっていたからです。妹たちは結婚して、幼い子どもを育てていました。すっかり変わってしまった家族の中に、自分の居場所を見つけるのに苦労しました。それでも何度か帰国するうちに、楽になりました。ニュージーランドの実情も変わってきていました。学校がいくつも建てられ、効率的に運営されるようになっていました。そこで経営手腕があり教える技術をも兼ね備えているモーリーンは、別の分野へ進出したのです。

求人が出ていた教区の教育監督職に応募し、採用されたのでした。手助けを必要としている僻地の教区で働くため、五人のシスターが司教に雇われたのです。モーリーンはその僻地で、信仰生活について助言し、教会の運営方法を教え、典礼について指導しました。この職でも素晴らしい対人能力を発揮して、あちこちの教区へと移動しながら、人々が必要とする助言を与え指導したのでした。そうしている間に、知見をどんどん広め、実にいろいろな人々と知り合いになりました。モーリーンは、率直で心の広いニュージーランドの人々が大好きでした。

長年の間に年齢を重ねたモーリーンは、アイルランドに帰国すると、その後ニュージーランドへ戻る旅がつらくなってきました。しかも、アイルランドの家族との別れが耐えがたいほど苦しくなっていたので、もういっそのこと、ニュージーランドに永住しようと決めました。一方で、聖ヨセフ聖心修道会は、アイルランド人のシスターが望めば永久帰国を許すという決定をしていました。モーリーンは、第二の故郷ともいえるニュージーランドで幸せに暮らしていたので、永久に去るなど、ちっとも望んでいませんでした。

ところが、予想外のできごとが起こったのです。修道会が総会を開催することになり、世界中からシスターが集まってきました。モーリーンはアイルランド人のシスターを代表して、修道会への謝辞を述べる大役に指名されました。母国への永久帰国を許されたことに対するお礼です。自分自身は帰国するつもりはありませんでしたが、帰国を望むシスターのために、喜んでスピーチを引き受けました。

それが、壇上へ上がると、信じられないことになりました。思いもよらない感情の波にのみこまれ、感極まって泣き出してしまったのです。ずっと抑え込んでいた、故郷を恋しく思う気持ちが、心の内から吹き出したのでした。まったく予想外の展開になり、どうしていいかわからなくなりました。これまでの人生をよく思い起こしてみます。まだ若い姉を亡くしたときの悲しみを、長いあいだ封印しつづけていたのでしょうか？　その悲しみの最中に、家族に守られた状態から抜け出して大いに苦しみ、その苦しみも封じ込めていたのでしょうか？　祖国を捨てたという気持ちを、無理やり押し殺していたのではなかったでしょうか？

抑え込んでいた感情があふれ出し、いろいろと自問した結果、もう一度考え直してみることにしたのです。そして、よく考えた末、自分もアイルランドに帰ることに決めたのでした。とうとう祖国へ帰るときがやって来たのです。

アイルランドに帰国すると、故郷クロンカーにある小さな養護施設の主任に落ち着きました。そこを勤め上げたとき、モーリーンの心にある考えが浮かびました。「もし私のような聖ヨセフ聖心修道会のシスターが、ニューマーケットで働くことになれば、良い形でそのキャリアを完結させることになるのではないかしら」。なにしろ、オーストラリアへ渡ったアイルランド人のシスター全員が、ニューマーケットで最初の訓練を受けたのですから。それに、モーリーンが修道女見習いだった頃は、教区に三人の司祭がいたのに、今はひとりしかいませんでした。ニューマーケットに移ったモーリーンは、教区の人々と、特に典礼を通して関わるようになりました。必要とされれば、どこへでも行きました。教会運営の知識があり、典礼に詳しいモーリーンは、教会にとって大変ありがたい存在になったのです。

　むかし暮らしていた修道院は、ずいぶん前に所有者が変わっていて、今ではアイルランド農村振興局が運営するリーダープログラム[8]の本拠地になっています。かつて修道院だった建物へと続く長い道路には、今は真新しい家が並んでいます。モーリーンは、そのうちの一軒に落ち着きました。リーダープログラムは、アイルランドの田舎の様々な側面を大いに豊かにしていて、モーリーンはその活動にも喜んで手を貸しています。彼女の前向きな姿勢、それに知識と熱意のおかげで、この地域はますます良くなり、活気にあふれるようになっているのです。

　数年前のオーストラリア派遣五〇周年記念の機会に、モーリーンは、人生の長い期間を過ごしたオーストラリアとニュージーランドを訪れました。そして次のような謝辞を受けたのです。「あなたが神の民のために仕えた五〇年という歳月は、どんなにすばらしい贈り物を捧げても十分に称えることはできません。五〇年という歳月を、惜しみなく、しかも喜びと熱意をもって捧げてくれたモーリーンに神のお恵みがありますように。あなたは大変多くの人々に感動を与えてくれました。そして、私たちみなが途上にいる、人生という巡礼の旅とは、期待に胸をふくらませながら進んでいくことができるものなのだ、そう示してくれました」。モーリーンは一生を通して、聖ヨセフ聖心修道会を設立したメアリー・マキロップが示した理念にのっとって生きてきたのです。「助けが必要な人には、必ず手を貸すこと」[9]

訳注

1 フリーメイソン——一七一七年ロンドンで設立された団体。会員の相互扶助や友愛促進を目的とする。

2 メアリー・ヘレン・マキロップ——一八四二年〜一九〇九年。聖ヨセフ聖心修道会を設立したオーストラリアの修道女。オーストラリアやニュージーランドに数多くの学校や福祉施設を設立し、とくに貧困家庭の子どもの教育に尽力した。オーストラリア人として初めて聖人となった。

3 クォ・ヴァディス——一九五一年に製作されたアメリカ映画。古代ローマ帝国を舞台にした物語。

4 スエズ動乱——一九五六年、スエズ運河（エジプト北東部にある地中海と紅海を結ぶ運河）の管理などをめぐって起こった武力紛争。

5 喜望峰——南アフリカの南西端にある岬。

6　修練院――カトリック教会の修道会員の養成機関。
7　マオリ族――ニュージーランドの原住民。
8　リーダープログラム――一九九一年に欧州連合が始めたプログラム。加盟国の農村部の自治体や企業に開発のための助成金を出す。農村部を活性させ、雇用を創出することが目的。
9　神の民――イエス・キリストを信じる人々。

第十一章　美しい山々に生きる（アイリーン）

私が子どもの頃を過ごした村は、谷間を隔てて遠く向こうにケリーの山々を望むことができました。子どもの私にとってはその山々が世界の果てで、あの向こうは一体どうなっているのかしら、と思ったものです。刻々と変わりゆく山の色を見るにつれ、向こう側にあるものも美しいに違いないと思っていました。大人になってそちら側を訪れるようになると、思ったとおり実に美しいとわかりました。とりわけ、息をのむほど美しいのは、ブラックバレーです。キラーニーの郊外に位置する、モールズ峡谷とダンロー峡谷の間に横たわる谷間です。あれほど人里離れた谷間で子ども時代を過ごすのは、どんな感じがするのかな、常々そう思っていました。あんな田舎で、女性ってどんな暮らしをしているのかな。それから数十年後、私はアイリーンに出逢い、山の向こうの暮らしについて知ることができたのです。

アイリーンは、ブラックバレーで生まれ成長しました。一八九五年に彼女の母親のジュリアが誕生した頃は、成人後も地元に残るなど考えられないことでした。当時、美しい景色に

訳注 186頁

恵まれているからといって、生計を立てられるとは限らなかったからです。現在のように、観光が産業として成り立ってはいませんでした。問題解決の手段は、海外への移住でした。ジュリアがまだ十代の頃、あるとき唐突に、母親からこう告げられたといいます。「ねえジュリア、明日の朝あなたはアメリカへ旅立つことになっているのよ」。若者がイギリスやアメリカへ移住するのは、彼女の住む地方の人々にとっては当たり前のことでした。ジュリアは、ケンメアの駅から汽車に乗り、コーヴの港に着きました。そこからアメリカ行きの定期船に乗り、六週間かけて目的地に到着しました。

七年間をアメリカで過ごしましたが、美しいブラックバレーが恋しくなって一時帰国します。そして、あと数日でまたアメリカへ戻るというとき、ケンメアで友人に会うと、こう言われたのです。「ブラックバレーには独身男がいっぱいいて、みんなお嫁さんを探しているというのに、どうしてアメリカへ帰るの?」。「だって、私が戻るのを引き留められるのはひとりだけだから。実はね、あなたのお兄さんのデニスなの」ジュリアはそう告白しました。「それなら私に任せて」友人は驚きながらも、そう言ってくれました。思いがけずデニスとの仲を取り持ってもらったことで、翌年には結婚ということになり、ジュリアはずっと好きだった男性と結ばれたのです。そして、五人の子どもに恵まれました。男の子ひとりと四人の女の子で、現在八十五歳のアイリーンは、そのうちのひとりです。

ブラックバレーでの幼い頃を語るアイリーンの表情は、明るく輝いていました。夢のように素晴らしい子ども時代を過ごしたというのです。毎日、地元のグレン小学校まで三マイルの道のりを歩いて通いました。その頃、教師は地元の家に下宿していました。そんな暮らしがうまくいかなかったのやら、はたまた、ブラックバレーのような僻地でのつらい暮らしになじむのが、若い教師には難しかったのかわかりませんが、教師はよく変わりました。小学校の頃は五人も変わったといいます。

放課後になると、カバンの中から教科書を取り出して空にして、アイリーンはきょうだいと一緒に山へ出かけ、野生のいちごやへーゼルナッツ、ブルーベリーを摘みました。ベリーやナッツでカバンがあふれると、山の斜面に腰を下ろしてお腹いっぱいになるまで食べます。そして、残りを家に持ち帰ったのです。自宅の下に広がる谷にもブルーベリーの茂みがふたつあり、大いに満足するまで楽しむことができました。

ある年の冬、アイリーンは山を歩いている最中に足を滑らせて深い溝に転げ落ち、腕を痛めてしまいました。山道が凍結していたため、医者は往診に来ることができません。腕を固定してもらったのは、なんと一週間が過ぎてからでした。それでも、健康的な食生活を送り、毎日山を登ったり下りたりしていたので、子どもたちはみんな健康で、ブラックバレーでのつらい暮らしに耐えることができたのでした。

冬のあいだ大雨が降ると、山の小川や滝の水があふれ出し、斜面を流れてアイリーンの家の中まで流れ込んでくることがありました。両親にとっては大惨事ですが、子どもたちは大喜びです。また、夏の小川の流れが奏でるメロディも、アイリーンにとってなつかしい思い出です。一方、ボード・ナ・モーナ[1]が、辺りの土地から燃料用の泥炭を切り出していて、地元の女性たちは泥炭を積む仕事を手伝い、賃金をもらっていました。貴重な小遣い稼ぎになっていたのです。ブラックバレーの冬は、どの家からも真黒な泥炭の煙が上がります。森の中に立つアイリーンの家の近くには、野ばらのしげみがいくつもあり、倒木もあちこちにあったので、暖炉用の薪には不自由しませんでした。

アイリーンの家族は七頭の牛を飼っていましたが、谷間で行う農業はもっぱら牧羊が中心です。羊には山の草を食べさせていましたが、父親が羊の頭数を増やし、向こうに見える山に住む兄と姉の土地を借りて放牧することもありました。父親は、ふたりの家の煙突の煙を毎日確認していました。煙が上がっていれば問題なしということですが、もし煙が出ていなければ、助けが必要かもしれないと思い、谷間を横切って確かめに行ったものです。

子羊が生まれる時期には大変忙しくなります。雌羊が双子や三つ子を産むと、アイリーンたちきょうだいは、父親から、ひとり一頭ずつペットとしてもらいました。子羊には哺乳瓶でミルクを与えます。子羊の数がどんなに多くても、アイリーンたちには、どれが自分の子羊なのかわかりました。子どもたちはペットの羊を大変かわいがっていたのです。羊が売られ、そのお金で洋服を買ってもらっても、真新しいワンピースもコートも、ペットがいなくなった寂しさを埋め合わせてはくれませんでした。父親は三百頭以上の羊を飼っていましたが、一頭でも足りないと、どの羊なのかちゃんとわかっていました。そして晩に帰宅してこう言ったものです。「あの、黒い顔の羊が見当たらない」。それから探しに行くと、かならず見つけて帰りました。山の頂には危険がいっぱいで、足取りの軽い羊でも危ない目に遭うことがあったのです。子羊が生まれると、夏が近いことがわかります。アイリーンは今も、牧場に羊が群がる光景が大好きです。その落ち着いた平穏な世界を眺めていると、幼い頃の素晴らしい思い出がよみがえってくるからです。

アイルランド中の農家と同じように、アイリーンの家でも食用の肉といえば豚肉でした。ケンメアの家畜市で子豚を買ってきて、家族で食べるために太らせるのです。豚を殺すとき、アイリーンはその場にいないようにしていました。というのも、豚は、最初は彼女のペットでしたから。迫りくる危険を豚に知らせ、農場から逃げ出すようにと忠告していたものでした。それでも運命の日は必ずやって来たのですが。そんな風に小さい頃から、農場生活の厳しい現実と自分の心との折り合いをつけていかねばなりませんでした。母親が小川の流れで豚の内臓を洗い、臓器を裏返してまたすすいでいたのをよく覚えています。その内臓にオートミールとタマネギと豚の血を混ぜたものを詰め込んで、ブラックプディングを作るのです。できあがると、近所の家庭へ子どもたちがおすそ分けに行きました。そうすると、隣人が豚を殺したときにお返しをくれるのです。私の故郷の山奥でも、そういうやり取りがあったものです。

毎年クリスマスが近づくと、どこからか一台の大きな車がブラックバレーにやって来たといいます。かっこいい黒塗りの大きな車が到着すると、子どもたちはもう大興奮でした。だからクリスマスが近くなると、モールズ峡谷の方角を眺め、車が谷間に入ってこちらに向かって来るのを、今か今かと待ちわびていたのです。そして、黄金の歯を一本きらりと輝かせたドライバーの男性にあこがれ、同行するふたりの女性をうっとりと眺めるのでした。ふたりの女性は豪華な長い毛皮のコートを羽織っています。当時、毛皮を着ていることは、大変なお金持ちであるという証しでした。つばの広いおしゃれな帽子をかぶり、エキゾチックな香水の香りを漂わせていたといいます。待ちに待った車が到着すると、大はしゃぎの子どもたちが彼らを囲みました。黄金の歯の男性と毛皮をまとったふたりの連れは、子どもたちにキャンディーやビスケット、人形などのいろいろなおもちゃを気前よく配っていました。大人が贈り物をもらうこともありました。子どもたちは男性を「キャンディーのおじさん」と呼んでいました。この人たちが一体何者なのか、誰も知りません。お金で雇われていた気配はありませんでした。彼らは身分を明かすことなく慈善行為を行っていたのでした。車がコークナンバーだったことから、ブラックバレーの住民は、コークの豪商に違いないと言い合ったものです。

クリスマスの前の週に、アイリーンの両親は、ポニーに引かせた荷馬車に乗ってケンメアの町へ出かけて行きました。そこでクリスマスの買い物をして、ふた付きの大きな箱にごちそうをいっぱい詰め込んで帰ってくるのです。これはもともと茶箱だったもので、内側に銀紙が貼りつけてありました。クリスマスイヴには、母親がガチョウの詰め物をして、晩にはごちそうをいただきます。子どもには大変ぜいたくな瓶詰のジャムも必ず食卓に上がります。調理用暖炉の奥では、「クリスマスの丸太」と呼んでいた大きな丸太がパチパチと燃えていました。父親が森から運んできたものです。丸太を火のいちばん奥に据えておくと、数週間燃え続けるので、クリスマスのあいだ、火を絶やさすことなく保つことができました。アイリーンは、クリスマスプレゼントに紙のちょうちんをもらったことを覚えているといいます。喜んで遊び、その後はクリスマス用の飾りにしました。

ブラックバレーに教会が建つまでは、谷間の住民は日曜ごとにミサに参列するため往復十二マイル（約十九キロメートル）の道のりをデリークイニーまで歩いたものでした。教会では、座面が縄編みの椅子が信徒用の座席として使われていました。朝の乳搾りを終え、朝食を取らずに午前九時半に自宅を出発します。帰宅するのは午後二時半頃でした。川の水かさが上がっていると、父親が子どもをひとりずつ順に背負い、渦巻く川を横切って渡ります。家族みんなが長靴を履いて歩き、ミサ用の靴を持参しました。教会に到着すると、女性と子どもは中に入ります。男性は、司祭が到着するまで外でおしゃべりをしていました。鐘が鳴ると、男性も中へ入ります。

一九五五年ブラックバレーの住民は自分たちの教会、「ブラックコモンズの聖メアリー教会」を建て、おかげでミサに参列するのがずっと楽になりました。信徒が労働力を提供し、材料費はアメリカに移住したブラックバレーの人々からの寄付でまかなって建てたのです。七〇年代半ばにブラックバレーにも電気が通りました。国内の他の地域より二〇年も遅れていました。ブラックバレーはいろいろな意味でほとんど忘れ去られた土地だったのです。住民たちは、機転をきかせ知恵を絞り、周りにあるものだけを利用して必死に生きていたのでした。

アイリーンが母親に時間を尋ねると、彼女は玄関のドアをさっと開き、太陽の光が床に射しこむ位置から正確な時間を判断したといいます。母親は音楽とダンスが大好きで、家事をしながらいつも歌っていました。お気に入りは『マギー若き日の歌を』で、「いにしえの春よ、マギー……」と歌ったものです。日が暮れて、父親が谷間を横切って隣人宅に遊びに行くと、母親は子どもたちを並ばせてセットダンス[2]を踊らせました。

十五歳になるとアイリーンはキラーニーへ働きに出ました。今はマックロスパークホテルと名を変えた、当時のマックロスホテルで八年間働いて、週に一〇シリング稼いでいました。毎朝七時に仕事が始まります。四十二ある客室に紅茶を運ぶのです。コーク出身の快活なモーリーンという少女と一緒に働いていました。ふたりはときどき、階段の幅の広い手すりの上に乗り、最上階からすごい勢いで滑り下り、三階下のロビーにつむじ風のように着地しました。浴室やトイレつきの豪勢な客室などない時代でしたから、トイレが客室から離れていることも多く、長い廊下のいちばん奥のトイレまで用を足しに行かなくてはならないこともありました。この不便さを解決したのが、ずっしりと重い陶器のおまるです。バラの花の色とりどりな絵付けがしてあるものもありました。アイリーンはおまるの中身を捨てるのが嫌で仕方がなかったので、モーリーンに取引を持ち掛けました。おまるの中身を捨ててくれたら、あとの仕事はすべて自分が引き受ける、というものです。そこでモーリーンは、よしやるぞという心意気で、おまるの中身をどんどん集め、広げたタオルの下に手際よく見えないように放り込みながら、ホテルの通路を進んでいくことになったのでした。

休みが取れると、アイリーンはケンメアまでバスに乗り、そこから先の自宅までの道のりを、山あいを歩き、川を渡り、山を登って向こう側のわが家に帰ったのです。山の斜面で野生のフクシアの花を摘んでいる母親にばったり出会ったことがありました。焼きたてのパンの良い香りが漂っていました。アイリーンを迎えるために母親が焼いたものでした。

その頃すでに、姉のふたりがロンドンに住んでいて、ひとりはそこで結婚式を挙げたので、アイリーンも花嫁介添人として式に出席していました。ロンドンには三か月滞在し、その間ケンジントンホテルのカクテルバーで働いていました。戦後間もない時期だったので、防空壕があちこちにありましたし、ロンドンのスモッグや工場の煙にはへきえきしました。ブラックバレーの新鮮なすがすがしい空気とは大違いだったからです。

その後アメリカへ行く機会が訪れ、アイリーンは渡米する決断をします。故郷からたくさんの人が、ひと稼ぎするために渡っていったその土地を、いちど見てみたかったのです。当時、渡米するには長く複雑な手続きをとらなくてはなりませんでした。手続きを開始するため、アイリーンはダブリンへ行き、姉夫婦の家に泊まりました。健康診断を受けるためにアメリカ領事館へ行き、その後、乗船券を予約するため旅行代理店を訪れました。長い船旅は気が進まなかったため、航空運賃はいくらになるのか尋ねてみました。六〇ポンドとのことで、当時としてはたいへん高額でした。ところが驚いたことに、ある幼児をアメリカに住む家族に送り届ける手助けをすれば、運賃が半額になると告げられたのです。旅客機に搭乗する日、店員が車でアイリーンを迎えにきて、そのまま幼児を迎えに行って、ふたりをリニアナ空港（現在のシャノン国際空港）へ送ってくれるというのです。当日の朝、迎えに来た店員の車で、アイリーンはダブリンの修道院へ向かいました。そこでひとりの幼児を預かりました。三歳くらいの女の子でした。こんな幼い子どもがどうしてアメリカへ行くのか、アイリーンにはわかりませんでしたが、店員は事情を話してはくれませんでした。長旅の間ずっと、少女はアイリーンにしがみついていました。ひどい嵐のため、旅客機はフィンランドに一時着陸することになりましたが、アイリーンには、怖いと思った記憶がありません。ようやくアメリカに到着すると、ある家族が少女を待っていたのです。少女はその家族がアイルランドからもらい受けた五人目の子どもだといいます。結婚していないアイルランド人の男女の間に生まれた子どもを、アメリカ人の夫婦が養子にするということが行われていたなど、ア

イリーンには知る由もなかったのでした。ことの全貌が明らかになったのは、何十年もたった後でした。この行為は、パズルのピースのひとつにすぎなかったのです。社会と未婚の女性の両親、それに教会と政府が共謀し、不幸な未婚の母とその子どもたちを厄介払いするために行っていたのでした。数十年後、渡米した子どもが何人もアイルランドに戻って来て、生みの親を探し始めました。そのときはじめてジグソーパズルのピースが正しい場所にぴたりとはまったのです。アイリーンは旅を終えた後も、その子を忘れることができず、どんな暮らしをしているのか考えていました。

シカゴに到着したアイリーンは、面接を受け、レストランで働くことになりました。アメリカの人々の明るく前向きなところが大変心地よく感じられ、アメリカで十二年の月日を過ごしました。その間、故郷の家族に小包を送り続けていました。アイルランドの人々が「アメリカからの小包」と呼んでいたものを、自分が梱包する立場になると涙が出てきて、ささやかなぜいたく品を濡らすことがありました。それを受け取れば故郷の家族が喜ぶとわかっていましたし、ブラックバレーには自分の涙も一緒に送るのだと思ったものです。母親に特別な品を送ることには、この上ない喜びを感じました。自分のためにぜいたく品を買うことなどない人だったからです。それでも、ケンメアのお店のショーウィンドーに飾られた美しい品々を眺めて、母親が感嘆の声を上げたのを覚えていました。美しいものが好きだった母親と一緒に、マーシャル・フィールズという最高級品を扱う店を一度だけ訪れたときのことです。本革のハンドバッグとそれに合わせるボタンブーツを買いに行ったのでした。その二つがブラックバレーに持ち込まれると、村中で話題になったものです。エレガントなブーツは、母親によく似あいました。アイリーンはまた、故郷の両親が家を新築することになるとカーテンを何枚も送り、母親を喜ばせたのでした。

一九六三年にアイリーンは帰国しました。朝早くシャノン国際空港に到着した便から降りて、母親と再会したときの喜びは忘れられません。モールズ峡谷の岩壁を曲がり、なつかしいブラックバレーの景色をあらためて目にすると、その美しさを身にしみて感じました。故郷に滞在している間に、アイリーンはマイケルと結婚し、ふたりはブラックコモンズの聖メアリー教会で式を挙げました。マイケルは今も、アイリーンの生涯の伴侶です。実はマイケルはアイリーンより先にアメリカへ渡っており、アイリーンが帰国した後、マイケルもアイルランドに戻ってきていたのでした。教会で式を終えた後、みんなでアイリーンの実家へ行き、そこで「結婚披露宴」が行われました。結婚式の何日も前から、家族全員で食べ物を煮たり焼いたりして準備をしていたのです。食事を終えると、みんなで台所にずらりと並び、地元のバンドの演奏に合わせてセットダンスを踊りました。しばらくすると「ビディーボーイズ」[3]と呼ばれるグループがやって来ました。この地方の披露宴には欠かせない存在です。人々は一晩中踊り明かして結婚を祝ったのでした。

アイリーンとマイケルはアメリカへ戻って四年間暮らした後、一九六七年にアメリカを引き払い、幼い息子を連れてアイルランドに帰ってきました。ちょうど観光業が盛んになってきた時期だったので、家を建てるのと同時にゲストハウスも建て、そのゲストハウスを今も夫婦で切り盛りしています。アイリーンにはブラックバレーこそ、世界でいちばん美しい場所でした。そこで過ごした子ども時代を思い起こすと、幼い頃からつましく暮らすのは、とても良いことだと思えてきます。ものが少なくても幸せに暮らすことはできるのです。アイリーンは、子どもの頃からブラックバレーでカッコウの鳴き声を聞き、山から落ちる滝が小川へと流れていく、快いさざめきを聞いていたのでした。今も初夏になると、カッコウの歌声と滝のさざめきを聞くため、アイリーンは故郷を訪れています。

訳注

1　ボード・ナ・モーナ――アイルランドの企業。国内の泥炭地の開発とエネルギー供給を確保する目的で設立された半官半民の組織。

2　セットダンス――アイルランドのフォークダンス。ふつう男女のペアが四組で踊る。

3　ビディーボーイズ――ストローボーイズともいう。ケリー県南部の風習で、仮装した男性が数人で他人の家を訪れ、音楽と歌で人々を楽しませる。わらなどで作った聖ブリギット（アイルランドの守護聖人）の人形を携えている。

第十二章　頼れる女《ひと》（モード）

訳注196頁

人生において、ときおり私たちは、自分の処理能力の限界を超えてしまうことがあります。私がふたりの子を持つ若い母親だった頃、私たち夫婦はジャッキーおじさん（著者の夫ゲイブリエルの養父）の家業を手伝っていました。ジャッキーは、村で一軒だけの食料雑貨店と郵便局を営んでいました。郵便物は朝六時に届きますし、二十四時間の電話の交換業務も行っていて、それはつまり、誰かが昼も夜も待機していなくてはならない、ということでした。そんなあるとき、店の隣の家が売りに出されました。切り妻壁に掲げられた「売家」の看板を目にした私は、「誰が買うことになるのかしら」と思いました。村で「キットおばさん」と呼ばれていた女性が長年の間ゲストハウスを営んでいた家でしたが、おばさんは引退することにしたのでした。その家を自分たちが買うことになるなんて、私は夢にも思っていませんでした。ある晩、実家の母と電話で話しているときに、隣家が売りに出されていることを告げると、即座に母がこう言ったのです。「買うつもりはないの？」。「え、私たちが？　考えてもみなかった」私は驚いて答えました。「だったら考えてみたらどう？　あなたの家には裏口がないから、一方からしか出入りできないでしょう？」母はそう助言してくれたのですが、それはいかにも農家の女性の考え方でした。広く開放的な土地で暮らし、農場にはどこからでも入ることができたのです。「でも、そんな余裕はないわ」と私。「お金がないからって、あきらめちゃだめ」母はそう言います。あの頃は、融資を申し込んでも銀行はなかなか貸してくれませんでしたし、ケルトの虎[1]はもっとずっと先のことでした。つまり私の母は、時代より先を行っていたのです。

　結局私たちは、あちこち手を入れる必要のある、そのだだっ広い古家を買いました。そして修理して、村の中心に建つ大きなゲストハウスにしたのです。そこにこぎつけるまでの数年の間、骨の折れる作業を進めていましたが、そのあいだ銀行の支店長は私たちのすることに目を光らせていました。改修は数回に分けて行いましたが、その二回目の改修期間の真っ最中に、私の両手はひどいアレルギーにかかってしまったのでした。みっともない手になっただけでなく、かゆくてがまんできなくて、とうとう観念して、かかりつけの医師に診てもらいました。医師は驚いて私の手を見つめました。

「皮膚科の専門医に診てもらってください」すぐさまそう言いました。無理ですからと言ったのに、私はその日の夕方、冷ややかな表情の皮膚科医と向かい合って坐っていました。私の両手は、まるで一週間も土の中に埋められていたように見えました。医師は私の手にチラ

りと視線を走らせると、ひとつも尋ねることなく、こう告げたのです。「ただちに、このボンスクール病院に入院してください」。「そんなこと、できません」私は必死に訴えました。「できないって、どういうことです？」医師は私を問い詰めます。「幼い子どもがいるんです。それにいま、家を改修しているので」泣き出しそうになりながら、私はそう答えました。「そんな手で作業しているなんて、さぞかしはかどっているでしょうね」医師は冷たく言い放ち、私のみっともない手から悪臭がしてくるように顔をしかめています。「でも、家にいなくちゃならないんです」私は必死でした。「何かお薬を出していただけませんか？」。「できません」立ち上がりながら、医師は不機嫌に大きな声を出しました。「そうやってあなたは、私の時間も自分の時間も無駄にしている。入院の手続きをしないなら帰ってください」

こうして仕方なく入院することになった私は、その晩、ボンスクール病院のベッドが四つ並ぶ病室に落ち着いたのでした。まる二日間、私は病室内のどの患者とも話しませんでした。なにしろ、昼も夜もずっと眠っていたからです。目を覚ましたのは、看護師が黒い不気味な液体の入ったボウルを持ってやって来たときだけでした。その中に両手を浸すのです。あの不機嫌な皮膚科医も毎日やって来て、ベッド脇に立って臭いをかいで顔をしかめます。ようやく気力が回復して周りを見る余裕ができたとき、向かい側のベッドにいる愛想の良い女性が話しかけてきました。「その手のせいで来たのかもしれないけど、あんたにいちばん必要なのは、ぐっすりと眠ることだったわね」。確かに彼女の言う通りでしたし、不機嫌な皮膚科医の指示も正しかったのでした。退院するときにはずいぶん良くなっていて、もう手は使いたくないと思ったほどです。育児と家の改修が中心の生活なのに、手を使わないなんて、ほとんど役に立たないというものですけれど。

ある朝、通りでモードに出会いました。彼女は、何年も前に年老いた両親とともにコーク西部の奥地の農場から、イニシャノンの村はずれの家に引っ越して来ていました。そして両親が亡くなるまで、愛情をこめて介護しました。その後、突然イギリスへ渡り、看護学校に入ったのです。高校を出たばかりの若者と一緒に学ぶのは、たやすいことではなかったでしょう。けれども、困難に直面して尻込みする人ではありません。看護学校を見事に卒業すると、イニシャノンにある、美しい庭付きの自宅に戻って来たのです。そして、近くの病院で看護師として働き始めました。優しく思いやりのある人柄で、能力の高い素晴らしい看護師です。

そのモードが私の両手を診てくれました。皮を剥がれたウサギの前足みたいな手を見てうなずくと、聞いたこともない病名を口にしました。それからバッグからペンを取り出すと、ややこしくて読めないような薬の名を紙に書きつけてくれたのです。「この軟膏を塗れば治るわ」とモード。「この症状なら前にも見たことがある。効くのはこの薬だけよ」。そして、彼女の言葉は正しかったのでした。薬を数回塗ると、手は元通りになりました。この恩は決して忘れません。その後は、両手が使えることが当たり前とは思わないようにしています。

モードのアドバイスに従い、刺激の強いものを扱うときには手袋をするようになりました。モードは、手の具合はどうかとたびたび尋ねてくれ、私たちは手のおかげで親しくなったのです。モードになら、心に秘めた気持ちも打ち明けることができ、しかも、彼女から秘密がもれることはありません。

モードと私の共通の友人モリーが病に倒れると、私たちはモリーのベッド脇で見守りました。亡くなるまでの数時間、モリーの夫は部屋の中を、まるでおりの中の虎のように行ったり来たりしていました。この夫婦には子どももいなければ、親戚もありません。つらい状況ではありましたが、モードの、気持ちをなだめるようなオーラが、その場を落ち着かせていました。取り乱した夫の心を和らげ、いまわの際にある友人の苦しみを優しく取り除いていたのです。モードは病人の手や顔をマッサージし、必要だとみると、唇を静かに水で濡らしてやりました。私は、臨終の床にある友人にどんな言葉をかけていいかわかりませんでした。けれどもモードはそんな言葉をよく知っていて、必要なときにふさわしい言葉をかけてやることができるようでした。モードには、死の間際にある友人が「死の受容プロセス」[2]のどの段階にいるのか、わかっていました。モリーの最期はこの女性に託されているのだわ、夜が更けていくにつれ、私はそう思うのでした。何年も看護師として仕事をする間に、モードは死の床に横たわる人々の苦しみを取り除いてきたのでしょう。私は、深い英知と人間愛に満ちた行為を目の当たりにしているのだと思いました。立ち会うことができて、本当にありが

'The best PRO
the dying ever had'
Guardian
Elisabeth
KÜBLER-ROSS
Living
with Death
and Dying
HUMAN HORIZONS SERIES

たかったと思っています。

早朝、ついにモリーが安らかな眠りに入るというとき、モードは、私たち全員がいずれ行くことになる彼岸の入り口まで、モリーに付き添ってあげたのでした。モリーは慈悲深い神の手にゆだねられたとするモードの絶対的な信念が、病室に希望と癒しと愛をもたらしていました。モードがこの上なく素晴らしい女性だということが、そのとき私にわかったのでした。

数年ののち、私はモードと一緒にロッホダーグ[3]へ行きました。行ったことのない方は、どんなところか想像できないかもしれませんが、肉体的にも精神的にもスタミナを要求される場所です。私は数回行ったことがあるのですが、どうしてそんなところへ行くのか尋ねられても、説明することができないのです。到着する日の午前零時から何も食べてはいけません。湖に浮かぶ、寒くて哀れな小さな島へ上陸します。そこでは靴を脱いで裸足になり、祈りを捧げながら、石でごつごつした「ベッド」と呼ばれる小道を歩くのです。三日間お腹を空かせた状態で、眠ることもしません。まったくムチャクチャですよね。ええ、ほんとに。でも、私たち人間にはうかがい知れない理由があるようで、島を出るときには心も体もリフレッシュしているのです。だから、人生を歩んでいく上で出合うどんな試練にも、立ち向かっていこうという気分になっています。それでも島にいる間は、ここに来ることにした自分は正気じゃなかったのでは、と思ってしまいます。まったく矛盾した気持ちになる場所なのです。

これほど楽だなんて思ってもみなかったと感じ、ようやくコツがつかめたと思い込むこともあります。ところが数年後にまた来てみると、この小さな島は信じられないほどつらい場所になっていて、がまんの限界に達するほど苦しむことになるのです。寝不足と空腹のため、ぼーっとしたまま歩き回ることになります。寒さが骨の髄まで浸み込みます。もし暖かい季節なら、体じゅうをブヨに刺されることになります。つまりロッホダーグでは、どのみち苦しむことになるのです。

ところが、モードと一緒に参加したら、まったく別の体験に感じられたのです。これしきのことは、モードには朝飯前でした。つま先が痛くなる、岩だらけの「ベッド」を、自分ひとりの静かな世界に浸りながらスタスタのぼっていきます。ここで食べることができるものは、何も塗らないトーストと、お湯をぐつぐつ沸かし塩と胡椒を振った「ロッホダーグスープ」だけです。このみすぼらしい食事を一日一回食べるのです。ふたりで食事をとる間、モードはこのスープを、まるで豪華な飲み物であるかのように味わっていました。モードは、長い夜を一晩中眠らずに祈り続けることも、不屈の精神でこなします。しかも、耐えられずに体調を崩す人が出ると保健室へ連れて行き、応急処置を施して、人々を助けているのでした。何よりもすごいことに、ごつごつしておぞましい「ベッド」を一周余計に回るというのです。つまり、尖った石を踏みしめながら歩く苦行を、もう一時間行うということです。そして私にこう言ったのです。「この一回は、苦しみを耐え抜いた、ある友人のために歩くの」。

こんな素晴らしい友人がいて、私は本当に幸運だと思っています。

訳注

1　ケルトの虎――アイルランドの急速な経済成長。一九九五年から二〇〇七年まで続いた。

2　死の受容プロセス――アメリカの精神科医エリザベス・キューブラー＝ロス（一九二六年〜二〇〇四年）が提唱した、患者が死にいたるまでの段階。第一段階「否認と隔離」（「私が死ぬことはないはずだ」と考える）、第二段階「怒り」（「なぜ私が？」と憤る）、第三段階「取り引き」（「何でもするから助けて欲しい」と神に祈る）、第四段階「抑鬱」（死を否認できなくなり絶望する）、第五段階「受容」（運命を受け入れ、自分の最期を見つめる）。

3　ロッホダーグ――ドニゴール県ダーグ湖に浮かぶ小島に建つ修養施設。

第十三章　**家族の秘密**（アメリカの姉妹）

訳注207頁

去年の夏のある日のことです。玄関にノックの音がしたのでドアを開けると、アメリカ人の若く魅力的な女性がふたり立っていました。「ちょっと変わったことを調べているのですが、あなたなら力になってくださると思って」ひとりが口を開きました。「私たち『アイルランド田舎物語』[1]を読んだんです。あなたはアイルランドの人々や暮らしについて、よくご存知ですよね」。そう言われ、私は好奇心に負けて、ふたりを招き入れました。ふたりは、スザンヌとローズと名乗りました。スザンヌが話し始めたストーリーは、数週間前に執り行われたこの姉妹の父親の葬儀から始まります。彼女の語りがあまりに鮮やかで、私はその場に居合わせた気分になってしまい……

…………………………

父の棺が墓穴の中へ消えるのを見ていると、スザンヌの内から悲しみがこみ上げてきました。母が埋葬されたときと同じ痛みでした。それがまた戻ってきたのです。あのときはまだティーンエイジャーで、前途に暗い日々が連なっていることなど、わかりませんでした。でも、今はわかります。母が亡くなった後のつらい日々を、ローズと寄り添って耐えてきたのでした。父がそばにいてくれて、本当に良かったと思いました。妻を失ったことで父もショックを受けてはいましたが、動揺を見せず、ふたりを支えてくれたのです。父は、姉妹がしっかりとしがみつくことのできる、頑丈な岩のような存在でした。母を失った悲しみはしだいに癒え、スザンヌとローズは立ち直りました。自分も悲しみにくれているというのに、父は精神力だけで娘たちを慰めていたのでしょう。父のふるまいは本当に立派だったので、スザンヌがそのことに気づくのに、長い時間がかかりました。それにもちろん、三人のおばの存在もありました。「おばさんトリオ」、スザンヌとローズが冗談半分にそう呼んでいたおばたちで、父の三人の姉でした。

三人とも、アイルランドを離れアメリカで幸せに暮らして長年がたっているのに、まるでケリー県にずっと住んでいるように、アイルランド人のままなのです。いちばん上のスーザンおばさんが女家長的存在で、ふたりの姪を大変かわいがっていました。スザンヌの名前は、このおばさんにちなんでつけられたのです。妹のメアリーおばさんやネリーおばさんとは違い、スーザンはずっと独身だったので、ふたりの姪を自分の娘のように溺愛していました。スザンヌとローズの母は、三人の義理の姉と大変仲が良かったので、家族でお祝いなどをするときには、必ず三人を招いていました。母は一人っ子で兄弟がいなかったので、すでにで

きあがっている夫の家族の仲間に入ることを喜んでいたのです。

その母が亡くなった後、スーザンおばさんがスザンヌとローズ姉妹の家に移り、一緒に住むことになり、姉妹はとても助かったのでした。スーザンは、反抗的なティーンエイジャーだったふたりを慰め温かく見守り、世話をしてくれました。ところがそのスーザンが、末期がんとの診断を受けたのです。姉妹は大きなショックを受けましたが、スーザンは神に祈り、勇気をもって病に向き合ったので、その落ち着いた勇敢な姿に、ふたりは元気づけられました。他のふたりのおばも介護に加わって、自宅でスーザンの世話をしました。そしてスーザンが安らかに息をひきとったのは、今から二年前のことでした。

父は、こみあげてくる悲しみにすっかりのみ込まれてしまいました。そんな父の姿を見たスザンヌはショックを受けました。母を亡くした悲しみがまたぶり返し、そこに新たな悲しみが加わったのでしょうか。悲しみは父を押しつぶさんばかりに襲いました。メアリーおばさんとネリーおばさんは、スザンヌとローズよりずっと、父の気持ちを理解しているようで、毎日のように家を訪ねてきては、父の話し相手になっていました。けれども短期間にふたりを失った父は、長いあいだ立ち直ることができず、生きる望みを失ってしまったようでした。そして突然、心臓発作を起こし急死してしまったのです。家族全員が、大きな衝撃に見舞われました。

そのときスザンヌとローズ姉妹は、家族の秘密を知ることになったのです。父の埋葬式の終わりに司祭が最後のお祈りを捧げ終わったとき、スザンヌはメアリーおばさんがささやいたのを聞いてしまったのでした。「この子たち、知っているのかしら？」。「わからない」とネリーおばさんがささやき返しました。「話したとは聞いていないけど」。そのやり取りは秘密めいて、それでいて、切羽つまった感じもするのでした。葬儀で悲しんでいる真っ最中に、スザンヌはどぎまぎしていました。いったい何の話なの？　スザンヌはこのことをローズに話しました。困惑したふたりは、事情を聞き出そうとおばたちを家に呼んだのです。

次の日の晩、ふたりのおばがやって来ました。スザンヌがお茶をいれ、みんながゆったりと落ち着いたころ、墓地でのやり取りについて、いよいよ切り出しました。「ねえ、メアリーおばさん」スザンヌが言いました。「昨日お墓の前で、ネリーおばさんと話していたでしょ。聞こえたのよ。あのことを私たちが知っているかとか、父さんが私たちに話したのかって。何の話なの？」。メアリーとネリーの顔に驚きの表情が浮かびました。ふたりとも、大きな衝撃を受けたようです。スザンヌは、ふたりがこれほど驚くとは思っていませんでした。どうしたらいいのかわからないというように、ふたりのおばは互いに顔を見合わせています。ようやくネリーが心を決めたようで、口を開きました。「メアリー、話してやって。知っていてもいいと思うから」

「うーん」メアリーがためらいがちに話し始めました。「ちょっとショックだと思うわよ。あなたたちが知っているのかどうか、わからなかったけど……。スーザンは父さんの姉で、ふたりにとってはおばさんだと思っていたわよね。でも実は、そうではないの。本当はね、父さんの母親で、つまりあなたたちのおばあちゃんだったのよ」

この言葉に、周りがしんと静まりかえりました。この人たちは頭がおかしいのではないか、スザンヌとローズはそんな表情でおばたちを見つめています。そして、ふたりは同時に驚きの声を上げたのです。「何ですって?」

先に我に返ったのはスザンヌでした。ひとつひとつの言葉をゆっくり強調するように、こう言い立てました。「私たち、おばあちゃんと一緒に住んでいたのに、知らなかったというの? いったいどういう悪ふざけ?」。ローズは泣き出して、体を震わせています。慰めようと近寄ったメアリーを押しやりました。「私たち、ひどいことをされたんだわ。だまされたのよ。どうして言ってくれなかったの? 父さんもおばあちゃんも死んじゃって、もう話を聞くことができないじゃない。おばさんたち、どうかしてるわ。私たちにだって、知る権利があるんだから」。そのとき、長年の秘密をとうとう打ち明けたという、ことの重大さに胸がいっぱいになり、おばたちも泣きだしました。最初に落ち着きを取り戻したのはスザンヌでした。「メアリーおばさん、はじめから全部話して」

メアリーは椅子に落ち着き、大きく息を吸い込むと震える声で話し始めました。「あのね、ずっと昔の話なのよ。妊娠したとき、スーザンはまだ十六になっていないくらいだった。スーザン自身がまだ子どもだったの。私たち妹は幼すぎて、何が起こっているのかわからなかった。スーザンは数か月の間、姿を隠していたの。後で聞いたけど、母さんがスーザンをダブリンのおばさんの家に預けていたんだって。そこなら誰もスーザンを知らないから。戻って来たとき、突然赤ちゃんが現われた。スーザンの赤ちゃんだって聞かされて、ああそうなんだと思っただけ。今じゃとても信じられないでしょうけど、あの頃はみんなとってもうぶで、男女のいとなみなんてまったく知らなかったから。私たちはその赤ちゃんを、つまりあなたたちの父さんを、とてもかわいがったのよ。父さんは大きくなって、私たちと一緒に学校へ通った。近所の人の中には、いったい何が起こったのかと思った人もいたでしょうね。でもね、誰も何も尋ねなかった。あの当時、そういう話はよくあったから。スーザンを、あのひどい母子施設へ送るっていうこともできたわ。母親も赤ん坊もひどい扱いを受けて、しまいには子どもを取り上げられる残酷な場所よ。私たちの母さんの名誉のために言うけど、母さんがそうやってスーザンを家に置いてやったおかげで、スーザンもピーターも幸せに暮らすことができたのよ。そして、長女のスーザンが最初にアメリカへ渡った。苦労をしたと思うわ。でもね、アメリカには母さんの姉がいて、スーザンの世話をしてくれた。それから私たちふたりも、スーザンに続いてアメリカに渡って来た。私たち高校は出ていないし、大学なんて言うまでもないけど、働くとはどういうことかはわかってた。ずっと経ってから定時制高校に入って、がんばって勉強したわ。そして私たち三姉妹が落ち着いたころ、アイルランドからピーターを呼び寄せた。大学に行かせてやって、ピーターは無事に卒業した。その後、ピーターはあなたたちの母さんに出会い、幸せな人生を歩んだというわけ」

「スーザンおばさんが母親だってこと、父さんは知っていたの？」。「ええ、知ってたわ。ピーターが成長して、十分理解できる年頃になったとき、スーザンが打ち明けたから。だから娘が生まれたとき、ピーターは喜んで自分の母親の名前をつけたんだと思う」。「でもどうして、父さんもスーザンおばさんも、私たちに隠していたの？」。話が進むにつれ、ローズも落ち着いてきました。「スーザンは、一連のできごとのショックから、立ち直っていなかったんじゃないかな。今になってわかるけど、一九三〇年代のアイルランドは、若い女性にはむごいほど厳しい社会だったのよ。未婚の母にだけはなってはいけなかった。とても恥ずかしいことだと考えられていたからね。だからスーザンも、自分がしてしまったことから立ち直ることができなかった。ピーターにわかってもらえたから、あとはもうそのままにしておきたかったのね」。「ああでも、知っていれば」ローズが寂しげに言いました。「父さんとおばあちゃんの人生の一部を分かち合う機会が、永遠に失われたって気分だわ」。「もしスーザンとピーターが打ち明けたいと思ったら、そうしていたでしょうね。だから私たちは黙っていたの。どうするか決めるのは、あのふたりだから」

「じゃあ父さんの父さんは？　いったい誰なの？」スザンヌが問いかけます。「それが、よくわからないの。スーザンも何も言わなかったし」とメアリーが答えました。「スーザンは近くの大きな農場へ働きに出ていたから、その農家の息子かもしれないと思っているんだけ

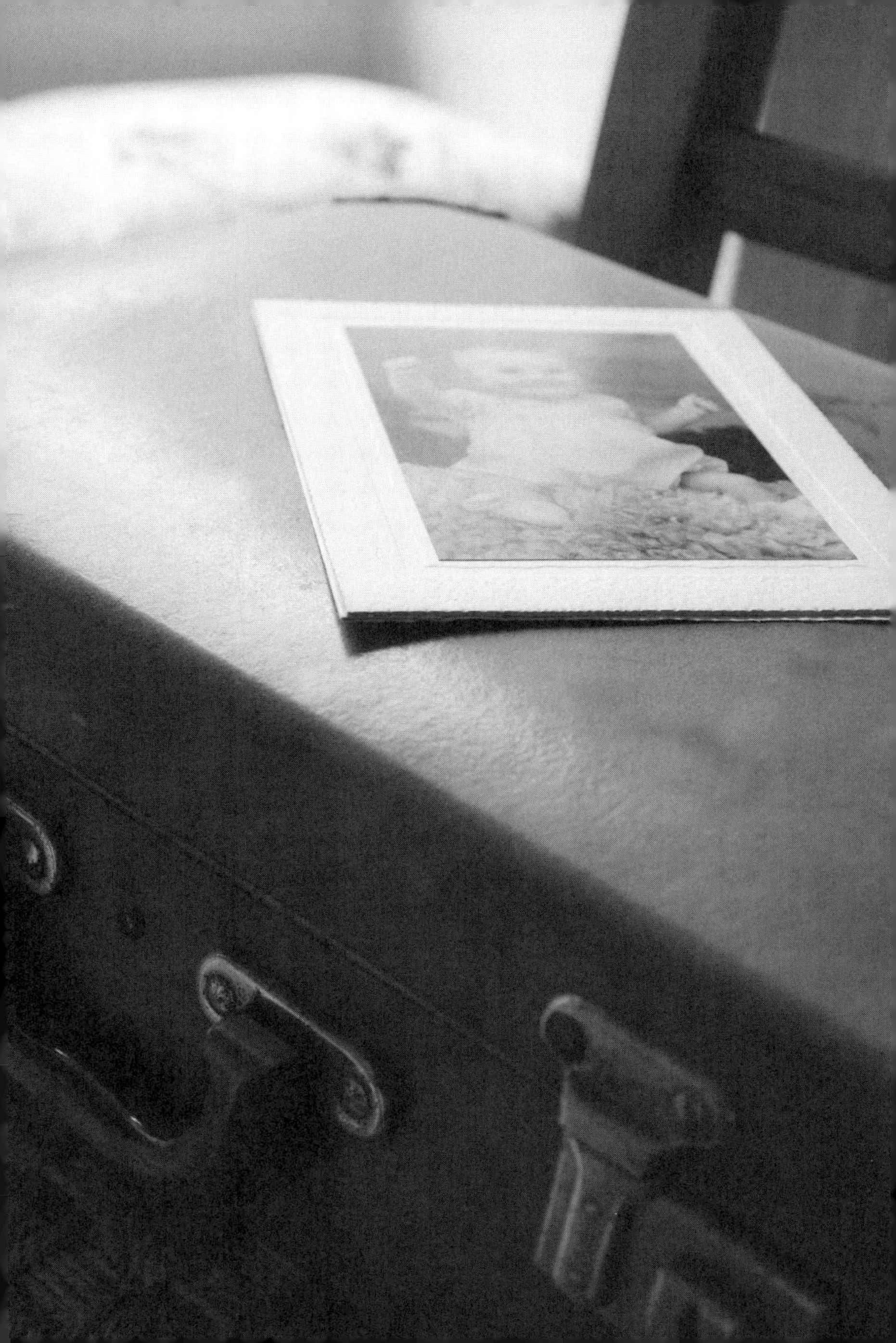

ど」。「知りたかったわ」スザンヌが寂しげに言いました。「スーザンおばさんは大好きだった。でも、本当はおばあちゃんだと知っていたら、私の人生に別の大きな意味を持ったと思う」。「でもね、私たちのおじいちゃんかもしれないって男、たいしたことない人間ね」ローズが痛烈に言い放ちました。

……………………

話し終わった姉妹は、何かアドバイスをもらえるのではないかと期待に満ちた表情で、私の顔をのぞいています。まるで家族の秘密を解く鍵が、私の手の内にあるかのようでした。けれどもこの家族の秘密は、何十年も前に生まれているのです。一晩で明らかになるものではありません。根本にある真実にたどり着くには忍耐と時間が必要です。姉妹には、そのどちらもないのでした。翌日にはアメリカへ向けて発つというのです。もうすでに、学校と教会の記録を調べたとのことですが、手がかりは見つかっていませんでした。日を改めて戻って来て、親戚の農場にしばらく滞在し、古くからの隣人と知り合いになるといいわ、私はそう助言しました。きっと当時のことを覚えている人がいるはずです。アイルランドでは、どんなことでも、事情を知っている人が必ずいるのです。問題は、その人を見つけ出すことができるかどうかです。

ふたりが去った後、私は、存在を隠された赤ん坊たちに思いを馳せていました。彼らは今、自分のルーツを探るため、多くはアメリカから、このアイルランドに戻って来ているのです。

アイリーンが頼まれてアメリカへ連れて行った少女も、アイルランドに戻って来たでしょうか。自分の親や生まれた土地を知りたくなるのは人として当然のことです。当時のアイルランドの社会は、大勢の赤ん坊とその母親たちに残酷な仕打ちをしたのです。

訳注

1　『アイルランド田舎物語』――『アイルランド田舎物語　わたしのふるさとは牧場だった』、アリス・テイラー著、高橋豊子訳、新宿書房。

第十四章　社会のために（アン）

村の墓地にあるわが家のお墓のすぐ後ろに、いつもみすぼらしく荒れているお墓がありました。本当はそんな状態であってはならないお墓でした。というのも、それは人生の大部分を地元の学校の教師として過ごした人物のお墓だったのですが、その人は大変尊敬され、慕われていた人だったからです。けれども先生のお墓はとてもそんなふうには見えません。子どものいない先生には、近くに住む親戚もありませんでした。だから、お墓の手入れをする人がいなかったのです。さらに、うちの教区には先生の教え子が大勢いたにもかかわらず、お墓をきれいにしなくてはと思う人は誰もいなかったのでした。「みんなの仕事なんだから、誰か他の人がすればいい」きっと誰もがそう思っていて、私もそのひとりでした。園芸が大好きだった先生は、私がイニシャノンに越して来たとき地鶏の卵を持って来てくれましたし、毎年の復活祭には初物のレタスをくれました。けれども残念ながら私は、受けた恩をすぐに忘れてしまっていたのです。

ところがある日、お墓が見違えるように変わっていました。きれいに掃除され、生花が供えられていたのです。愛情を込めて手入れしたように見えました。お墓の前に立ち、感心して眺めていると、アンがやって来て隣に立ちました。近くに住んでいて、私もよく知る女性です。「他人のお墓を勝手に掃除してもいいのかしらね？」彼女が言いました。「誰も悪く思わない？」。「悪く思うですって？　そんな風に思うはずないじゃない」なぜそんなことを聞いてくるのかわからず、私は答えました。「どうかしら？」少し落ち着かない様子でアンが言いました。「それにしても、いったい誰がしたのかしら？」と私。「私たちよ」とアン。つまり、アンとその夫がしたと言うのでした。「教区の人のほとんどが先生の教え子だっていうのに、誰もお墓の掃除をしてあげないなんて、とても気の毒だから」。アンのような女性がいるなんて、うちのコミュニティも捨てたものじゃないな、私はそう思いながら帰宅したのでした。

アンは、でしゃばることなく社会を良くしようとするタイプの女性です。他人に言いふらすことなく実行するのです。大家族の一員だったアンは、長いあいだ目の見えない年老いた母親の世話をしていました。心を込めた介護を受けた母親は、自宅のベッドの上で亡くなりました。最近では、めったにない恵まれた最期でした。アンは家族の農場を切り盛りしています。心根の良いふたりの弟が手伝っていて、アンはふたりに大変良くしてやっていました。自営業を営む夫はアンをしっかりとサポートしていて、彼女がすることは何でも一緒にしてくれるのでした。アンは何ごとにも控え目でしたが、あの忘れ去られていたお墓のように、大げさな前触れなどなく、人知れず何かが急に良くなると、みんなすぐにアンを思い浮かべるのでした。

そんなアンが頼まれて人前に出たのは、数年前、司祭の代わりに教会で朝の祈りを捧げることになったときだけでした。司祭の数が足りなくて、うちの教区の司祭は、ふたつの教会をかけもちしてミサを捧げていたのでへとへとでした。教区に司祭がふたりいたこともありますが、そのときは、他の多くの教区と同じようにひとりしかいなかったのです。だから、いろいろなことを変えていかなくてはなりませんでした。そこで、二人組の信徒のペアを六組つくり、それぞれが割り当てられた週の、割り当てられた曜日に出向いて朝の祈りを先導する、ということにしたのです。順番は六週間に一度しか回って来ないので、それほどの負担にはなりません。いい考えだと思いますが、はたしてやってくれる人がいるかどうかが問題でした。やってもいいという人は、やはり、それほど多くないようでした。それが、他の数人と共に、アンと夫が、力を貸してくれると申し出てくれたのです。いつもなら、何事にも目立つのを嫌がるアンでしたが、引き受けてくれる信徒が少なかったため、心地良い領域から一歩踏み出す決意をしてくれたのでした。

私たちの教会は、「教会清掃チーム」と呼んでいるボランティアのグループによって清掃されています。六チームあるので、この作業もまた、六週間に一度順番が回ってきます。もちろん、アンはこのチームの一員です。ところで教会の周りは墓地になっています。そこは今、広々とした庭園のように美しい状態です。でも、いつもこうだったのではないのです。あるとき、墓地の脇にある溝の中と、その隣のお墓の周りにイバラがびっしりはびこっていたことがありました。毎週数人がやって来て、家族のお墓の周りをきれいにするようになり、それが発展して「墓地清掃チーム」が生まれました。チームの人々は、毎週やって来て草むしりをするようになり、ついに墓地全体を掃除してくれるようになりました。家族に忘れ去られたお墓もきれいにしてくれています。アンはこのチームの一員でもあるのです。メンバーは毎週やって来て墓地を掃除してくれるので、今ではきれいな墓地がみんなの誇りとなっています。

またあるとき、教会の信徒席の最前列がぼろぼろになったまま、ほったらかしにされていました。それがある朝、真新しい座席になっているではありませんか。誰がこんなことをしたのか、尋ねる必要はありませんでした。墓地の中心に忘れられたようなお墓がいくつかあり、その周りに細い鉄製の手すりがあるのですが、もう何年もの間、古びてさびついたままになっていました。ところがつい最近、黒い光沢のあるペンキが塗られたのです。これで手すりの強度が増し、長持ちします。ペンキの刷毛を操ったのは誰なのか、尋ねるまでもありません。

「忙しくって、ボランティアをする暇などないわ」。近ごろはそんな言葉をよく耳にします

To the glory of God In memory of my Parents R.I.P.
Erected by Rev P.A. Desmond P.P.

よね。でも、誰よりも忙しい人がボランティアに参加しているという事実もあります。アンのような人がいるおかげで、親切な行為や他人への思いやりが、社会の中を巡っているのです。

第十五章　扉の内側（聖クララ会のシスター）

訳注 235頁〜

　聖クララ会のシスターの存在には、幼い頃から気づいていました。私が六歳のとき、コーク市のボンスクール病院で、四歳の弟コニーが亡くなりました。その病院はカレッジ通りにあり、すぐ隣に聖クララ会の修道院がありました。当時、母は修道院を何度も訪問していたのでしょう。というのも、その存在が私の記憶に残っていますし、修道院のおかげで母がずいぶん慰められたということを、私がぼんやりと感じ取っていたからです。数年後、私は十二歳のとき、扁桃腺の手術を受けるため、そのボンスクール病院に一週間入院しました。小児病棟は修道院を見下ろす位置にありました。病室の開け放たれた窓から、決まった時刻に鐘の音が聞こえてきます。シスターに祈りの時間を告げる鐘でした。あの閉ざされた扉の内側ではどんなことが起こっているのかしら、私はそう思っていました。

　あのころ父には、フランシスコ会に所属している若い甥がいました。ブラザー・マシューです。毎年夏になると、流れるような茶色の修道服にストラップつきサンダルという姿でうちの農場にやって来て、聖人の御絵やスカプラリオやメダイをみんなに配っていました。陽気で楽しい人で、私は、フランシスコ会と聖クララ会には何かつながりがあるのではないか、なんとなくそう感じていたのでした。何年も後になってようやくわかったのですが、何かに悩み、苦しんでいるたくさんの人々が、聖クララ会の修道院に手紙を送っていました。お金に困ったら銀行へ行き、健康状態が思わしくなければ病院へ、それ以外の悩みごとでは聖クララ会に駆け込むのね、そう思うようになりました。聖クララ会は、神の相談所というわけです。一日のほとんどの時間を祈りに費やしているということが、救いを求めてくるすべての人々に、いい知れない安心感を与えるようでした。あるとき、何でも批判する友人が、こう言ったことがあります。「あんなところに閉じこもってずっと祈りをあげていて、何のためになるっていうのかしらね？　外へ出て、少しでも人様の役に立つことすりゃいいのにさ」。私はついカッとしてしまいました。「よく見てみなさいよ。世界にはこんなに人があふれているっていうのに、ためになることをしている人なんて、ほとんどいないじゃない」。私は、とっさに聖クララ会の肩を持っていました。

聖クララ会は、聖フランシスコに帰依した「アッシジの聖クララ会」によって、一二一二年に設立されました。この修道会では、シスターたちは貞潔、清貧、従順の誓いを立て、閉ざされた空間で黙想して過ごします。多くの人にとって理解しがたい点は、囲いの中で暮らすという誓願を立てていることです。世界中に広まったこの修道会がコーク市にできたのは、

一九一二年でした。地元の豪商だったウォルター・ドワイヤーが、この会のためにカレッジ通りに修道院を建てたのです。この人物に、下心がなかったとはいえません。かわいがっていた娘が、ベルギーで聖クララ会に入会したので、この人は娘をそばに置いておきたかったのです。修道院を建設するための資金は十分ありましたが、聖クララ会をコークへ招き、この会を設立するのに手を貸してくれるシスターを呼び寄せるためには、司教の許可が必要でした。そこで彼は、長い付き合いがあり信頼のおける友人のイエズス会のウィリー・ドイル神父に助けを求めました。ウィリー神父がカーロウの聖クララ会の女子大修道院長に申し入れをすると、快く五人のシスターを派遣してくれました。長ったらしい手続きを経て、司教から許可がおりました。前途が開け、ドワイヤーの夢がかなうことになったのです。そして、カレッジ通りに修道院が建ちました。ついにドワイヤーの愛娘がコークに戻り、一九一四年のクリスマスイヴに真夜中のミサが捧げられ、コーク市の聖クララ会修道院が正式にスタートしたのです。それから長い年月の間、この修道院はコーク市や遠方に住む人々のために祈りを捧げ、慰めとなってきたのでした。

　私にはシスターたちが、理解できない不思議な存在に思えました。閉ざされた扉の内側で塀に囲まれて生活し、どうやって正気を保っているのでしょうか。シスターについてはほとんど知らないけれど、彼女たちの生活には、私のいたらぬ理解を越えた何かがあるにちがいない、そんなふうに思い定めていました。それとも、すべての人間の理解を越えた何かがあるのでしょうか。知りたくてたまりませんでした。

そんなとき、ブラザー・マシューの姪が聖クララ会に所属していることを耳にしたのです。その人はロマンチックな幻想にあこがれる少女だったのではなく、社会に出てきちんと働いて、生活を楽しんでいました。農場を営む大家族の中で成長した人でした。アイルランドではよくあることですが、彼女の家族とうちの家族は、結婚式や葬儀で顔を合わせていました。例外的に信仰心が篤いブラザー・マシューを除いては、その家族がとくに信心深いと思ったことはありません。というのも、わが家では信仰を大事にしていたのは母であり、父方の親戚のほとんどが、信徒としての活動をそれほど熱心に行ってはいなかったからです。聖クララ会に入るような人物が出てくるような一族ではない、みんなにそう思われていたのです。だから、その人が入会するというとき、親戚中がたいへん驚いたのでした。みんな、どうしてなのか理解できなかったといいます。うまくいくのだろうか？　いっときの気まぐれじゃないか？　本当に大丈夫だろうか？　ところがまったく問題なく、彼女はなじんだのでした。シスターになって十七年が過ぎた今では、家族に何か問題が起こると、全員が彼女に頼るようになっていて、神の救いを請い、祈りを捧げてもらっていました。つい先ごろも、遠い親戚の若者が抗がん剤治療を行うことになったとき、聖クララ会にいるいとこに励まされ、支えられたというのでした。その人からの手紙が慰めになり、心の支えとなり、治療の苦しみを乗り越えることができたというのです。

この本を執筆することになり、その人に会って聖クララ会について話してもらうときが来た、私はそう思いました。私はカレッジ通りに立つ修道院に、その旨を依頼する手紙を書きました。そして、ある日の午後にその人と面会できるよう、手配してもらえたのです。

私は、礼拝堂の前のささやかな庭に足を踏み入れ、小さな守衛所のドアをノックしました。さっとドアが開き、温かな歓迎の笑顔をたたえた、感じの良い女性が出てきてこう言いました。「シスター・アンソニーメアリーがお待ちです」。愛らしく親切なこの受付係が、聖クララ会と外の社会との橋渡し役であるとわかりました。彼女の後について短い廊下を過ぎ、聖フランシスコの像が立つ、塀に囲まれた小さな中庭を過ぎると、明るく広々とした部屋に着きました。一方の隅についたてがあり、腰ほどの高さまでは木製ですが、上の部分は鉄製で手の込んだ装飾が施されており、高さは天井のすぐ下までありました。装飾の中には、オリーブの枝をくわえた鳩があしらわれています。平和の象徴です。ついたては美しく飾られていて、外のものを受け入れないという様子はまったくありません。私ときたら、鉄格子を隔てて向こうにいる人と話すのかもしれない、そう思っていたというのに。

ついたてのこちら側に感じの良い椅子とテーブルがあり、向こう側にも椅子がもう一脚置いてありました。面会の約束は二時半で、時間きっかりに、ゆったりとした茶色い修道服を身につけたシスター・アンソニーメアリーが軽やかに入ってきました。輝くような白い頭巾に覆われた顔に微笑みをたたえています。親戚からの情報によれば、この人は四十代前半のはずですが、目の前に現れた、透き通る肌にキラキラ輝く瞳の顔は、まるでティーンエイジャーのもののようでした。その表情には、落着きと喜びがにじみ出ています。

私たちは温かい握手を交わし、シスターは私の質問に率直に答えてくれました。「宗教の道に進むことになって自分でも驚いているのです。だって十七歳のときは、シスターにだけはなりたくないと思っていたのですから。私は、マロウにあるマーシー修道院が運営する学校に通っていました。修了試験を受けるという年、修道院の若いシスターが、自分の職業について話してくれました。そのとき、最初の神のお告げを受けたように思えたのです。あのときイエス様がどういう方かわかっていたら、この道をおそれることはないと思えたのかもしれません。でも、そうではなかったので、宗教の道に入るなんて私の人生じゃないと、忘れようとしました。当時、三人の姉がすでに働いていて、そのうちひとりは結婚式の準備をしていた時期でした。友達もみんな社会人になることに希望を抱いていたから、宗教の道に進むのは少々変わっているし、孤独にも思えました。人生の楽しいことをのがしてしまうような気もしたし、いずれは結婚して子どもを持ちたいとも思っていたのです」

「だから自分に向いている職業を見つけようと、秘書技能を学ぶコースを受けて、その後は就職しました。スポーツもしたし、おしゃれな洋服が大好きだったから、高価な洋服を買っては母を驚かせていたくらいです。帰省していたブラザー・マシューを、コークまで車で送ったことがありました。私は買ったばかりの真新しいおしゃれなジャケットを着ていて、後部座席には母が乗っていました。あの日ブラザー・マシューは悪ふざけがすぎて、私にこう言ったんですよ。『アイリーン、素敵なジャケットじゃないか。いくらしたんだい』。後ろの母が、耳をそばだてているとわかっていて、わざと。だから私は、あえて返事をしなかったんです。コークに着いて車を降りたら、ブラザーはニヤニヤしながらこう言ってきました。『お母さんが聞いているからジャケットの値段をおしえないなんて、賢明だな』。『あなたが何をたくらんでいるかくらい、わかりますから』そう言ってやりました」

「生活を楽しんではいたものの、いつも空しい気持ちがあり、シスターになってイエス様に一生を捧げたいという思いは、常に心の片隅にありました。そして父が亡くなったあと、その思いが強くなったのです。先に旅立った人たちは、いつもそばにいてくれるとは思っていますけれど」

「ある晩、マロウの聖メアリー教会に立ち寄り、腰を下ろして人生について静かに考えてみました。人生にはもっと大切なことがあるはずなのに、自分は表面的に生きているだけだ、そう思いました。そして、宗教の道に生きることを真剣に考えなければ、この先の人生をまっとうすることはできないと悟ったのです。私の人生に足りないのは、そういうことではないかしら。これからの人生を神に捧げることにしよう、その場で一瞬にして決めました。何が起こったのか説明はできないのですが、あれから人生が違うものになってしまったのです。その瞬間、身体が打ちふるえるような喜びを感じ、気持ちが安らかになりました。内側から力がわき起こり、自分が神への信仰の道を歩むということに納得できました。まるで、あかりが灯されたようでした。私の人生は、大きな構想の一部だということを、そのとき悟ったのです。悠久へと続く、より大きな構想です。人生の捉え方が変わり、目の前にまったく新しい地平線が出現したようでした。イエス様の教えに従うことに対する私の迷いは消えました。その気持ちに身をゆだねた瞬間、何年ものあいだ眠っていた信仰心が再び目をさまし、自分の中で新しい命がふつふつとこみ上げてくるのを感じました。どうなるかはわかりませんでした。でも、すべてうまくいくと確信していました。一瞬にして、自分がなぜ生まれてきたのか、これから何をすべきなのか、理解できたのです」

「教会を出る前に小さな副祭壇に寄り、絶えざる御助けの聖母様[1]に、ご保護のもとに身をゆだねますと祈りました。それから、家族で営む店に仕事に戻ったのですが、その日の夕方、棚の奥に絶えざる御助けの聖母様の古い御絵がひっそりと置かれていたのを見つけたのです。『私が見守っていますよ』聖母様がそうおっしゃっているように思えました。その御絵は、今も私のベッド脇に掲げてあります。あの日を境に私は変わり、それに気づいた友人が、わけを尋ねてきました。自分が決めたことに満足していますし、正しい決断だったと堅く信じています」

「フランシスコ会の司祭であり、家族ぐるみの付き合いをしているジョン・ボスコ神父様に相談し、精神的な支援を求めて聖クララ会にも連絡しました。コーク市の聖クララ会を訪問できるよう、神父様が手配してくださいました。初めて修道院の扉の前に来たとき、とても緊張していて、怖いくらいだったのですが、シスターのひとりと言葉を交わすとすぐに安心でき、自分の家に帰ってきたように感じました。何度か訪問をかさね、二週間の『住み込み』を体験することになりました。どのように感じるか試してみるのです。私の『住み込み』体験は、ブラザー・マシューの命日である六月十四日に始まり、絶えざる御助けの聖母様の祭日である二十七日に終わりました。『今は将来に悩む年頃だけれど、すぐに忘れるだろう。たちの悪い風邪にかかったようなもので、そのうち治る』家族のほぼ全員がそう思っていました。母は、カトリックの道に進むことに理解を示してくれましたが、聖クララ会に入るのは少々やりすぎだと思ったようでした」

「私は神に導いていただきたいと切に願っていたので、毎日ミサに参加し、定期的にゆるしの秘跡を受け、できるだけ長いあいだ主の祈り[2]を捧げていたいと思うようになりました。まず、すっかり忘れていたお告げの祈り[3]を熱心に捧げたいと思いましたし、私が神との関係を結ぶのに、ロザリオの祈りも大事な役割を果たしました。そして、以前の暮らしには、まったく興味を失ってしまったのです」

「しばらくして、私はアメリカへ入国するためのビザを取得しました。自分の気持ちを試すためにボストンへ向かったのです。母が片道切符を買ってくれました。母はアメリカの輝く明るさが、私を聖クララ会から救い出してくれることを期待したのです。聖クララ会の閉ざされた生活が、どうにも理解できないようでしたから。親友がボストンで働いていたので、私もその町で一年暮らしました。海辺の一軒家で親友やほかの友人と共同生活をしていました。アルツハイマー病の女性を介護する仕事を始めてみると、とてもやりがいがありました。休みの日には、フランシスコ会が運営するホームレスの収容施設も手伝いました。私たちの家が立つ通りには、小さな礼拝堂があったので、導いていただけるようそこで聖霊[4]に祈りを捧げ続けました。カトリックの道へ進もうという気持ちは常に心の中にあり、ボストンでの暮らしには満足できないと思い始めていました。神だけが私を満たしてくださり、私は神のおぼし召しで聖クララ会に入会するのだと思うようになっていったのです。人生でできることはたくさんありましたが、神は私に、たったひとつのことをさせたいと思っていらっしゃるのでした。神は、すべての人の将来を考えておられるのです。だからアイルランドに帰国し、母と家族全員にこの道に進むと告げました。この決断に、友人たちはとても驚いたものです」

「一九九四年九月八日、聖母マリア様のご誕生を祝うその日に、私は聖クララ会に入会しました。フランシスコ会の修道衣を受け取り、シスター・アンソニーメアリーという名を受けたのです。それから六年後の大聖年[5]には神に身を捧げ、貞潔、清貧、従順、そして隠遁の誓いを立てました。それ以来、この道を歩んでいますが、神は本当に素晴らしいといつも感動しています」

シスター・アンソニーメアリーは、それまでの人生を、飾らず率直に語ってくれました。いつしか私は彼女と一緒に人生の旅路を進み、とうとうこの修道院に落ち着いた気持ちになっていました。そして、せっかく修道院に落ち着いたのだから、聖クララ会のシスターたちがどんな暮らしをしているのか、知りたくてたまらなくなっていました。シスターは、喜んで話してくれました。

「私たちの一日は祈りと労働に分かれています。五時半に個室のドアが小さくノックされることで一日が始まります。『神の報いがありますように』私たちはそう答えて起床します。クワイア（修道院では礼拝堂をこう呼んでいるのです）に集合し、六時にお告げの祈りを捧げます。朝のこの祈りを通して、一日を神に捧げるのです。修道院では、午前六時から午後八時までは、聖体顕示台[6]を顕示しています。一般の方々は、午前七時から午後六時のあいだ礼拝堂に入ることができ、聖餐式[7]を見学することができるのです。顕示台が顕示されている間はずっと、シスターがひとりいて、イエス様に祈りを捧げています。私たちの一日は、イエス様を中心として過ぎていきますが、イエス様は聖餐式の間、本当にその場にいらっしゃるのです。朝の早い時間に、腰を下ろして一日のはじめの黙想を行います。そしてそのまま、聖務日課のひとつである朝の祈りに入っていくのです。聖務日課とは教会の公の行為で、賛歌、詩篇唱和、聖書朗読、教父[8]の著作の朗読、とりなしの祈り[9]、そして代表的な『主の祈り』によって構成されています。一日六回、そのうち一度は真夜中ですが、この聖務日課を行って神の

民のために祈ります。神をほめたたえ、とりなしを願い、神に感謝を捧げる祈りなのです。私たちが必要としていることはすべて、この素晴らしい祈りに織り込まれています」

「月曜から金曜までは、午前七時半にミサを捧げます。これは一日のうち最も大切な祈りで、イエス様に心を合わせ、神へ自分自身を捧げるという気持ちを新たにするものです。ミサは、週末には午前一〇時に始めます。一般に公開している礼拝堂には、祭壇のすぐ左隣にガラスのついたてがあり、その向こうに、浮き出し模様を施した聖杯と聖体拝領に用いるパンが置かれているのを、信徒の方々も見ることができます。ミサが始まる前に礼拝堂が一般に向けて開かれ、私たちシスターは人々と共にミサを捧げます。ミサが終わると感謝の祈りを捧げ、そのあと朝食をいただくのです」

「朝食の後しばらくの間、ひとりひとりが自分の作業にいそしみます。野菜の下ごしらえ、料理、聖具室の整頓、裁縫、庭仕事、手紙書き、訪問客の応対、掃除などの家事です。祈りの精神や神に帰依する気持ちがくたびれてしまわないよう、そして、心静かに神のことだけに集中できるよう、単純な作業ばかりです」

「次の時間帯は、聖なる読書に費やします。心の糧となる霊感をいただく、とても重要な時間です。それぞれが読みたい本を選びます。いちばん大切な福音書を読んでもいいですし、聖人の生涯についての本でも良いのです。つまり、神とのつながりを強いものにしてくれるものであれば、どんな本でも良いということです。一〇時十五分前にクワイアに集まって三時課を祈ります。これは、聖務日課にある三つの『時課』[10]の最初の祈りです」

「修道院では毎日午前十時半から十一時半のあいだ談話室に一般の方々を受け入れています（ただし、月曜と毎月第一日曜は除きます）。この機会にたくさんの方々がやって来て、祈りを上げて欲しいとおっしゃいます。訪ねて来る理由は様々ですが、私たちは全員に心を合わせ、主の前で祈りを捧げます」

「正午にはみんなでお告げの祈りを捧げ、そのあと聖務日課のふたつめの『時課』である六時課が続きます。それが済むと昼食をとり、みんなで後片付けをします。午後一時半には、亡くなった人々のために祈ります。すでに亡くなっている修道院の後援者、世界中の災害などで痛ましい死を遂げた方々、そのほかにも、祈りを捧げるべき故人のために祈るのです。そして最後の『時課』である九時課を行います」

「午後二時から四時の間は、また談話室を開放し、一般の方々に来ていただいています。ただし、四旬節[11]の間と十一月から十二月、それに黙想の期間は、一般の方々は受け入れていません。その期間に私たちシスターは、もう少し心にゆとりを持って、神と心を通わせることができるよう努力するのです。ひとりずつ昼間に聖餐を受け、神を賛美します。愛情あふれる神の存在により、新たな自分にしていただくのです。そして、世界中の兄弟姉妹が求めていることを神に祈ります。昼の間、ひとりひとりが『十字架の道行き』の祈りを捧げます。これはフランシスコ会と聖クララ会の伝統的な祈りです。午後には、神への信仰をゆるぎないものにし、フランシスコ会と聖クララ会の聖霊の賜物[12]について理解を深めるための勉強もします。この時間には、自分の才能を伸ばす訓練をしてもいいことになっています。例えば、楽器の練習をしてもいいのです」

「午後四時半に二度目の黙想をし、そのあと晩の祈りを行います。五時半にロザリオの祈りを捧げるときには、一般の方々も参加できることになっています。日曜の夕方は、午後五時にロザリオの祈り、晩の祈り、それに祝禱を一般のみなさんと共に捧げます。喜ばしいことに、たくさんの方々が来てくださいますよ。午後六時にお告げの祈りを捧げ、それから夕食をとり、食後は休養をとります。この休養の時間にはゆったりとくつろいで、その日にどんな祈りの依頼を受けたか知らせたり、家族のことを話したり、一日の終わりにいろいろとおしゃべりをするのです」

「一日をとおして修道院の鐘が何度も鳴り、私たちに祈りの時間を知らせてくれますが、最後の鐘が午後七時半に鳴ると、全員が聖体の周りに集まり、就寝前の祈りを行います。そして八時頃には就寝します」

「午前十二時に起きて、夜明けの祈りを捧げます。それから静かに黙想を行い、十二時四十五分にはベッドに戻ります。黙想している間、夜じゅう起きている人々に心を合わせます。生まれたばかりの赤ん坊をあやす親、なかなか寝付けない病気の子どもの看病をする親、仲間と楽しんでいる若者、他国へ出て行ったアイルランド人、何かに心を悩ませている人々、そしてもちろん、天に召されようとしている人や見守る家族。祈りは修道院の塀の外へ出て、私たち自身が訪れることのできない場所へ行き、そこにいる人々のもとへ届くのです。私たちがクワイアに入るとき、それに、出てくるときは、八百年以上前に聖フランシスコから受け継いだ祈りを唱えます。

「主キリスト、あなたを礼拝し賛美します
ここで、そして世界中のすべての教会で
あなたを賛美します
あなたは尊い十字架で
世をあがなってくださいました」

シスター・アンソニーメアリーは修道女の日々の様子を説明し、俗世間から完全に切り離された修道院の世界を、カーテンを開くようにさらけ出してくれました。シスターたちが静かに祈り続けてくれるだけで、大勢の人々が苦しみを乗り越えることができる、私はそう感じました。少し前にアメリカで行われた調査では、ある地域で多くの人に瞑想をさせたところ、その地域で暴力が減少したといいます。暴力と瞑想との間にはっきりとしたつながりがあるとは証明されていないのに、そのような結果だったのでした。しんとした談話室で、私はシスター・アンソニーメアリーが修道女になるまでの道のりを彼女と共にたどり、聖クララ会のシスターの一日についても知ることができました。そして今まさに、とても個人的な事情に踏み込もうとしていたのです。

シスター・アンソニーメアリーの妹のパトリシアが、すぐ隣のボンスクール病院でがんで亡くなったばかりでした。シスターは妹が亡くなる前に、病室で共に時間を過ごしていました。幼い子どもたちを残してパトリシアが亡くなると、夫は失意に陥り、母は悲しみにくれました。大好きな妹を亡くしたシスターにとっても、大変つらい時期だったと思います。私が、パトリシアが亡くなったことを口にすると、シスター・アンソニーメアリーはゆっくりとうなずいて、穏やかに話し始めました。「パトリシアの死を受け入れるようにと、神は私に心の準備をさせてくださいました。それでも私は、治って欲しいと願っていたのです。すべての聖クララ会に依頼して、妹のために祈りを捧げてもらいました。妹の夫ジョンと子どもたちは大変悲しむでしょうし、妹と仲が良かった母にも大きなショックだろうと思ったからです。でも神には、別のおぼし召しがありました。どうしてなのか今は理解できないけれど、いずれわかるようになると信じています。ほら、あそこに芝生があるでしょう。病院と修道院との境目に。最後の数週間は、毎日時間を見つけては、あそこをそっと横切って、妹に会いに行ったのです」

「妹が亡くなった夕方、ジョンは乳搾りのため自宅へ帰っていました。昼の間は、妹の様

子に変わりがなかったからです。パトリシアは、ジョンが戻って来る少し前に、静かに息を引き取りました。ジョンは悔やんでいましたが、私たちに残された時間は、神だけが決めることができるのです。神のお考えは私たちの考えとは違うということを受け入れなければなりません。夜が更けていくと家族は家に帰りましたが、ジョンだけは病室に残り、いとこのバーニーと私が付き添っていました。ジョンが、パトリシアと過ごした思い出について語っているうちに、不思議なことが起こりました。妹の顔がパッと明るくなり、輝くような美しい微笑みが浮かんできたのです。ふたりの思い出をジョンが語っていくほどに、微笑みはますます輝いていくのでした。ジョンが気づいて、パトリシアの上に身をかがめて思わず声を上げました。『ああ、パトリシアが微笑んでる』。やがてジョンも自宅へ戻り、バーニーと私が病室に残って祈りを捧げていました。私たちが病室を出る頃には、その美しい微笑みは消えていました。まるで妹の魂が、ゆっくりと時間をとってお別れをしたくて、ジョンが戻って来るのを待っていたかのようでした」

その日の夕方、修道院を後にした私は、閉じられた扉の内側でどんなことが行われているのか垣間見る、特別な機会を与えられたように感じていました。シスターは、人間と神との間の目に見えないつながりを仲介してくれているのです。一見すると、シスターたちは俗世間とかけ離れた生活をしているようですが、社会で起こっている出来事を正確に把握しています。毎週トップニュースをふたつメディアで確認し、火曜には新聞も読んでいます。おそらく、それで十分なのです。けれども、外の世界に接するいちばん良い方法は、ありとあらゆる悩みを抱え、救いを求めて修道院にやって来る人々と交流することでした。聖クララ会は、悩みを抱える人々が、この世界をなんとか耐え、健全な生活を送ることができるように手助けしているのです。シスターは、私たちの心に勇気を与えてくれる存在なのです。

訳注

1　絶えざる御助けの聖母様――カトリック教会における聖母マリアの称号。特に、十五世紀に描かれたとされる聖母マリアの聖画を示す。
2　主の祈り――イエスが弟子たちに模範として伝えたとされる祈り。
3　お告げの祈り――聖母マリアが、神の子を受胎したと告げられたことを記念する祈り。
4　聖霊――神の超自然的な力を人格化したもの。父なる神、子なるキリストとともに三位一体を形成する。
5　大聖年――カトリック教会の信徒がローマを訪れ、決められた条件に従って祈ると、教皇から大赦が与えられ、罪が免除される年。
6　聖体顕示台――聖体礼拝や聖体行列に用いる聖体（聖別されてキリストの体となったパン）を顕示するための容器。
7　聖餐式――聖体拝領。イエス・キリストの最後の晩餐を象徴するパンとぶどう酒をいただく儀式。
8　教父――二世紀から八世紀頃のキリスト教会で、教理について著述をし、教会から公認された神学者たち。
9　とりなしの祈り――何かに悩み、苦しんでいる他者のために祈る祈り。

10　時課——日課として定められ、決まった時刻に行う祈り。

11　四旬節——復活祭（年によって異なるが三月から四月）の前の、日曜を除く四〇日間。イエス・キリストの受難を記念して断食・精進を行う。

12　聖霊の賜物——聖霊から信徒に与えられる超自然的な力。信徒が行う善い行いは、すべて聖霊の導きによるものとされる。

訳者あとがき

アリス・テイラーはコーク県の農家に生まれ、農場で大らかな幼少期を過ごし、地元の学校に通いました。その後、修道院が経営する女学校で教育を受け、卒業してからしばらくの間、電話交換手として働いていました。イニシャノンに住むようになったのは結婚してからです。夫のゲイブリエルは幼いころ両親を亡くしていて、養父母（おば夫婦）に育てられていました。アリスとゲイブリエルは、養父母の家の隣に自宅を構えたのでした。アリス夫婦はゲストハウスを経営していましたが、その後、養父母が営んでいた隣家の郵便局兼食料雑貨店を引き継ぎます。ゲストハウスだった大きな家と、広い庭をはさんで隣り合うお店には、アリス夫婦と養父母のジャッキーおじさんとペグおばさん、アリスの親戚のコンが住んでいました。そして五人の子どもたちが成長していく家となり、さらにミセスCと、ペグおばさんの妹のミンおばさんの住まいとなっていた時期もありました。お店を手伝ってくれる数人が、お店と庭とアリスの家を一日に何度も行き来していましたし、アリスとゲイブリエルの双方の親戚が絶えず訪れ、しばらく滞在していきました。アリスを取り巻く環境は、このようにに大変にぎやかでした。そして今、子どもたち以外の家族や親戚は天国へ旅立ってしまい、アリスは大きな家でひとりで暮らしています。食料雑貨店はスーパーマーケットになり、長男夫婦が切り盛りしています。アリスの幼少期から少女時代、社会人になってからの生活、そして結婚後の暮らしについては、九〇年代半ばから二〇〇〇年代はじめに出版された『アイルランド田舎物語』、『アイルランド青春物語』、『アイルランド村物語』（高橋豊子訳、新宿書房）に詳しく書かれています。ご興味のある方は、どうぞご一読ください。

本書には、アリスの人生に大きな影響を与えた女性たちの暮らしぶりが丁寧に描かれています。生きていた時代や土地、職業もそれぞれ異なる女性たちですが、全員に共通していることがあります。それは、強い意志を持ち、つらく困難な状況の中でいろいろと工夫を凝らしながら、自らの信念を貫いているという点です。私たち読者は、本書を読み進めていくうちに、女性たちが置かれた境遇を追体験し、彼女たちの苦労に思いを馳せることになります。そして同時に、彼女たちの知恵や機転に心を打たれ、地に足を着けてたくましく生きる姿に励まされるのです。

数年前に私は、レンタカーで最果ての島アキル島へと運転していき、断崖絶壁に縁どられた美しい海を眺め、低木と草に覆われたなだらかな山の間をゆっくりと進むドライブを楽しみました。また別の機会には、南西部のケリー周遊路へ車で出かけ、ダンロー峡谷から細い道のりを奥の谷間へと運転していき、風光明媚なブラックバレーを望みました。おかげで、第一章「島に生きる」のシスの語る情景と、第十一章「美しい山々に生きる」のアイリーンが愛する土地の様子をありありと思い浮かべることができ、翻訳をするのに大変役に立ちました。

本書には差別的と受け取られかねない表現が出てきますが、作品が扱っている時代背景を考慮し、原文の意味を尊重して翻訳しました。

翻訳を進める際、新潟市のカトリック青山教会の坂本耕太郎神父様に、カトリック教会関係の用語についてご教示を乞い、大変ていねいにご説明いただきました。心から御礼申し上げます。

二〇一九年八月

高橋　歩

追記　原書では終尾に近い第十四章を飾っていた「島に生きる」を、日本の読者に紹介するにあたり、アイルランドの空気を最初に感じて戴きたく、原著者の快諾を得て冒頭に移動、収録致しました。

Alice Taylor

1938年アイルランド南西部のコーク近郊の生まれ。結婚後、イニシャノン村で夫と共にゲストハウスを経営。その後、郵便局兼雑貨店を経営する。1988年、子ども時代の思い出を書き留めたエッセイを出版し、アイルランド国内で大ベストセラーとなる。その後も、エッセイや小説、詩を次々に発表し、いずれも好評を博した。現在も意欲的に作品を発表し続けている。

たかはし あゆみ

1967年新潟生まれ。新潟薬科大学准教授。英国バーミンガム大学大学院博士課程修了。専門は英語教育。留学中に旅行したアイルランドに魅了され、毎年現地を訪れるようになる。訳書に『スーパー母さんダブリンを駆ける』（リオ・ホガーティ、未知谷）、『とどまるとき――丘の上のアイルランド』『こころに残ること――思い出のアイルランド』『窓辺のキャンドル――アイルランドのクリスマス節』（アリス・テイラー、未知谷）がある。

母なるひとびと
ありのままのアイルランド

二〇一九年九月二十日印刷
二〇一九年九月三十日発行

著者 アリス・テイラー
訳者 高橋歩
発行者 飯島徹
発行所 未知谷
東京都千代田区神田猿楽町二-五-九
〒一〇一-〇〇六四
Tel.03-5281-3751／Fax.03-5281-3752
［振替］00130-4-653627

組版 柏木薫
印刷 ディグ
製本 難波製本

Publisher Michitani Co. Ltd., Tokyo
ISBN978-4-89642-589-5 C0098